星 主编

烟霞散記

《烟霞散记》编委会 编

浙江古籍出版社

主　编：陈月星

副主编：胡玲玲

编　委：杨宏伟　李佳佳　李若曦

干张楠　潘　珊　周美芳

烟霞胜境记述

（代序）

西湖群山，南山为最，缘南山云树清奇，丘壑稠叠故也。其有岩洞称烟霞者，盖景境最胜处。古人云：凡洞多在山麓，然此洞独在山脊。凡洞之胜，多在洞中，然此洞不独洞内精彩纷呈，其洞外亦俯仰间皆成绝胜耳。

自满觉陇别径陟南高峰，此洞适处上下之中。洞口高七余米，广半之。洞口“烟霞此地多”篆字碑，娟秀典丽，为金焘书。其后原有财神像，清末易为东坡，陈璚有联记其事：

钱如真可通神，此座巍然，何不与烟霞终古；

石也有时变相，长公仙矣，莫非是香火前缘。

洞内有吴越国至清九百年间留存之题像石龛，其要者如吴越之十六罗汉像、千官塔及明刻之《守拙歌》等。另有大佛、弥勒、观音诸像设，亦足观赏。洞内钟乳涔滴，虚朗清凉，真幽境耳。

洞外、洞顶建有呼嵩阁、卧狮亭、吸江亭等，幽邃高朗。象鼻岩、佛手岩、落石岩等奇峰怪石，各尽其妙，其上多董其昌、张謇、陈夔龙、居正等名人题刻，清切可诵。其间多蕴藉风雅之轶事传奇，如按景寻声，妙趣无穷。

其清末女子金凤藻为思母而筑之陟屺亭，民国文化名人胡适一九二三年日记称“三个月烟霞山月的神仙生活”的栖霞轩，均敞宜远眺，足添游兴。而至今基本完好的“烟霞三墓”，更使此奥区平添无限沧桑沉郁之慨！

新世纪以还，管理部门每修缮有加，使此地蔚为南山佳胜处。以上记述，不为详赡，仅粗具大略。厘正迷谬，考今核古，俾使游览者有稽，凭吊者有据乃耳！

（2014年，杭州西湖风景名胜区钱江管理处开展烟霞洞保护工程，包括烟霞洞石质保护、文化陈设提升、景区建筑维修等内容。同时，还邀请多名书法家为景区亭阁题写楹联匾额。本文由杭州文史专家王其煌撰文，蔡云超书丹，钱江管理处将文契刻于木，置于烟霞古洞亭中，为烟霞洞又增添了一处人文景观。）

目　录

烟霞青史

烟霞名人

烟霞诗文

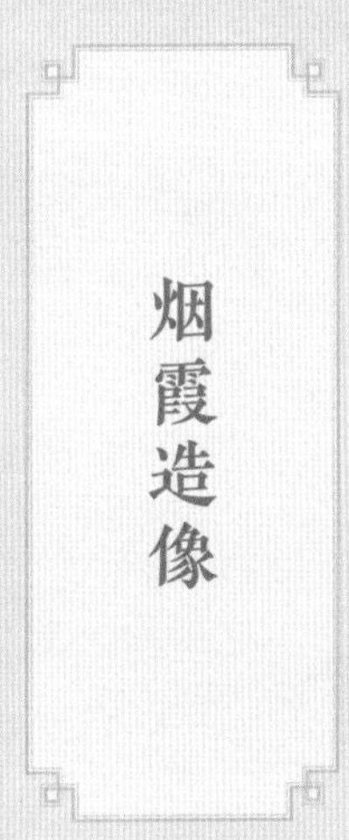

烟霞造像

南山北山洞不同

杭州素有“人间天堂”的美誉，西湖则是镶嵌在这座风景秀丽城市中的一颗闪亮的明珠。西湖一面临城，三面环山，湖山交映，赋予了其独特的美。正所谓“无山不洞，无洞不奇”，西湖群山中分布着大大小小的岩洞，这些洞穴深邃清幽、洞景奇特，不仅有奇异夺目的自然景观，更有底蕴深厚的文化积淀。

西湖群山大约形成于两亿三千万年前，当时杭州地区的地壳经历了一场构造变动，在地质学上称“海西运动”。沉积在湖盆和浅海里的沉积岩层遭受挤压，形成褶皱，发生断裂，杭州地区由此从辽阔的海洋变成山地。大约一亿五千万年前的侏罗纪末期到七千万年前的白垩纪末期，杭州地区发生了一次火山喷发，西湖北侧的葛岭和宝石山正是由这次火山喷发带来的火山岩所形成的。此后，杭州群山的面貌基本定型，再经历千万年的自然风化

烟霞洞（摄于民国时期）

和侵蚀，形成了现在的湖山面貌。

西湖群山形成复向斜构造，以南高峰向斜为核心，朝东北方向倾伏。岩石构成主要分为四类：砂岩、泥岩、石灰岩和火山岩。按生成时期、组合特征可大致分为五套地层。第一套为泥盆纪的石英砂岩，主要分布在天竺山、五云山、六和塔，以及北高峰、老和山、虎跑等。因岩性坚硬，抗风化和侵蚀能力强，构成了杭州地区外围高山的骨架。第二套地层形成于石炭纪早期，由砂岩和泥岩组成，主要分布在天竺溪、满觉陇的沟中，由于岩性疏松，极易受到侵蚀，因此这套地层出露的

烟霞洞沿路的摩崖石刻（摄于2021年）

通往烟霞洞的山径（摄于2022年）

地方为溪沟河床，天竺溪、满觉陇上的溪沟便可见这套地层。第三套生成于石炭纪早期至二叠纪早期，主要由石灰岩组成。石灰岩易被流水侵蚀，形成岩溶地貌。在飞来峰、龙井、南高峰、玉皇山、南屏山等山中，洞壑遍布，景色奇幽，如玉乳洞、水乐洞、烟霞洞均为石灰岩溶洞的代表。第四套地层为二叠纪早期的泥质页岩岩层，出露范围小，仅见于丁家山、夕照

石屋洞外貌（摄于2008年）

石屋洞内景（摄于2009年）

山等地。页岩为不可溶性岩石，限制了这一带洞穴发育。第五套地层由侏罗纪晚期的火山碎屑岩组成，集中于葛岭和宝石山一带。如栖霞岭上的紫云洞，其附近岩石便为火山岩，虽然属于非可溶性岩石，但是在重力作用下，岩块顺裂缝发生

水乐洞（摄于2022年）

崩坍，易形成洞穴。

西湖南山和北山的洞穴形态成因不同，景观也有着明显的差异。西湖北山的崩塌岩洞集中分布在栖霞岭西侧，从南向北依次有栖霞洞、紫云洞、金鼓洞、蝙蝠洞、卧云洞和黄龙洞。这类洞一般洞径长而直，洞壁陡峭，洞顶平整如板，洞底常有崩塌下来的岩块碎屑堆积物，有的岩壁上还可找到光滑的断层擦痕，在岩壁的底部往往有泉水沿着裂缝上涌。人在洞中，恍如危岩悬顶，至危至绝。而西湖南面的岩洞主要分布在吴山至玉皇山、南高峰以及飞来峰一带，它们由石灰岩构成，岩溶较为发育，多形成溶芽、溶洞、溶斗、落水洞、地下暗河。这种溶蚀地质遗迹的发育常常受岩性和构造的控制，如南高峰向斜南翼著名的“烟霞三洞”景观，在不同的高程上发育了石屋洞、水乐洞和烟霞洞，其成因除了受满觉陇断层控制外，也与新生代以来西湖山区逐渐抬升运动有关。岩溶作用遗迹代表性的地质景观还有飞来峰的玉乳洞和一线天、龙井山园、南高峰的千人洞、玉皇山的紫来洞、吴山的十二生肖石等。

南山造像烟霞美

烟霞洞是由石灰岩溶蚀而成的南北向长条形天然溶洞，为西湖最古老的洞壑之一，与东面的水乐洞、石屋洞并称“烟霞三洞”。洞口高约三米六，宽约四米三，洞深约三十米，外宽内窄，逐渐向内收缩，后半部分最窄处仅宽一米一。洞内钟乳林立，石景奇异。关于烟霞洞名称的来历，众说纷纭。据《祥符图经》记载：“其洞极大，为诸洞首。内作丹云五彩之色。”指的是烟霞洞内石笋钟乳受阳光照射，五颜六色，犹如流光溢彩的烟霞，故而得名。另一种说法则认为此地钟灵毓秀，山间常弥漫着烟岚雾霭，洞前竖立的“烟霞此地多”石碑，即是此意。

烟霞洞前原有五代吴越国于广顺三年（953）兴建的烟霞院。烟霞洞造像，实即烟霞院造像，大约开凿于建院之初，利用烟霞洞这一天然岩洞雕刻而成，包括佛、菩萨、明王、罗汉、塔等多种题材。其中数量最多，体量硕大的十八身罗汉像，是烟霞洞造像的主体。

关于烟霞洞罗汉的雕造缘起，北宋始已流传颇具传奇色彩的故事。南宋《淳祐临安志》卷九引《祥符经》云：

（烟霞洞）去钱塘县旧治之西一十六里。晋开运元年（944），

烟霞洞洞口（摄于民国时期）

烟霞洞内景（摄于民国时期）

> 有僧弥洪结庵洞口，遇一神人指此山后："有圣迹，何不显之？"洪寻至山后，乃见一洞内有石刻罗汉六尊。洪既亡，吴越王钱氏忽梦僧告云："吾有兄弟一十八人，今方有六，王可聚之。"梦觉，访得烟霞洞有六罗汉，遂别刻一十二尊，以符所梦。

虽然这只是传说，却也反映了洞内石窟造像的始建年代。事实上，根据烟霞洞题记中"吴延爽舍三十千造此罗汉"的记载，烟霞洞石窟造像正是起于五代末期。吴延爽就是五代吴越国最后一个国王钱俶的母舅。

烟霞院于北宋中期改额清修院。据《武林梵志》载，至明代，“寺久圮……万历己亥（1599），司礼孙隆重建”。孙隆任苏杭织造太监，曾大规模修复西湖寺院，如灵隐寺、净慈寺、龙井寺等。在烟

清代“烟霞”题刻（摄于2006年）

烟霞洞洞口残存的苏东坡像龛（摄于2006年）

霞洞，孙隆增补了部分佛、菩萨、罗汉、弟子造像，对吴越时期烟霞洞造像的面貌改动最大。清光绪年间，邑人陈豪认为洞口的财神像庸俗，命石工改刻为苏东坡像，并附一联记其事，云：

钱如真可通神，此座巍然，何不与烟霞终古；

石也有时变相，长公仙矣，莫非是香火前缘。

至二十世纪初期，烟霞洞造像共计三十八身。二十世纪七十年代后，仅存古代造像十五身及部分残件。1978—1979 年，根据历史照片，又修补和重塑了部分罗汉和弟子像。2006 年，烟霞洞造像与慈云岭造像、天龙寺造像共同组成“西湖南山造像”，被确定为全国重点文物保护单位。

全国重点文物保护单位碑——“西湖南山造像（烟霞洞造像）”

烟霞造像且道来

烟霞洞洞口呈喇叭形，外宽内窄，坐北面南，造像按照洞内东、西岩壁的情况，因地就势而凿，主要分布在洞内离洞口不远处。二十世纪初，烟霞洞洞内造像加上洞口的苏东坡像，共计三十八身。如今烟霞洞中，还存有十五身造像和一些造像残件，从中仍能一窥烟霞洞昔日的胜景。

步入洞中，洞口东、西两壁各有一尊弟子像，分别为阿难和迦叶，雕于尖拱形龛内，原作雕于明代，现在的弟子像是根据旧照片补塑的作品。

东壁的阿难像龛外刻有一幅年代更早的浮雕画，画中两位武士前后而立，前一人头戴发冠，身披铠甲，左手执剑，后一人双手握于胸前，两人的双腿隐于祥云之中，有腾云驾雾的动态之美。

阿难、迦叶造像（摄于民国时期）

洞口浮雕画上驾着祥云的武士（摄于2021年）

行过两弟子像，两尊高大的观音像相对而立，雕于超过两米的竖高尖拱形龛中。东壁的是杨柳观音，头戴高宝冠，左手执净瓶，右手执柳枝。西壁的是白衣观音，两手交叉下垂，右手执一串念珠，头戴高宝冠，身披广袖大衣，自冠的上部垂下。两尊观音面相长圆，双目下视，表情肃穆，体态窈窕，身形丰满，衣纹流畅，饰有项圈、手镯、长璎珞等，足下还有仰莲和祥云承托。这两尊佛像都雕刻于五代吴越国时期，可以称得上是整个烟霞洞石窟造像中的佼佼者，身上衣褶自然流畅，躯体的曲线隐隐可见，面容秀丽典雅，肌肉的线条刻画得丰润逼真，眼神则顾盼生辉，恍如真人。

杨柳观音像（摄于2022年）

白衣观音像（摄于2022年）

白衣观音（摄于民国时期）

根据旧照片，白衣观音一侧，原先有一座八角形的七重佛塔，采用高肉雕的方法显出三面塔身，塔刹则是一座更小的五重塔。1956 年，史岩《杭州南山区雕刻史迹初步调查》中对此塔记录道：

> 在塔身的正面各层，各刻五尊或七尊一铺的群像浮雕；其他二面，每层刻四至五身衣冠整肃的供养人立像；在塔身的左右外方壁面，一律刻着供养人跪像作礼塔状。

千官塔（摄于20世纪初）

烟霞洞内的罗汉群像（摄于2009年）

这些供养像都是浮雕，数量约有数百身，像旁有的刻有姓名和官额，由此可知作此功德的都是官僚及其眷属，所以有“千官塔”的名称，而造作时代则为五代。

再往洞内走，便能看到烟霞洞内体量最大的一组罗汉群雕，原有十八身罗汉，雕于十八个独立的石龛中，现存的五代吴越国的石雕罗汉尚有十尊。这些罗汉头身比例协调，以汉族僧人或印度僧人形象雕刻，光头大耳，穿着通肩袈裟或袒露右肩，衣纹疏密有致。除两尊罗汉作蹲立状外，其余皆席地盘坐，或执卷谈经，托腮沉思，或手执如意，作禅定相，有动有静，姿势各异。其中两尊罗汉像旁，还雕刻有供养人或弟子像。

烟霞洞西壁因转折，形成了一片面向洞口、坐北朝南的石壁。转折处原刻有一尊孔雀明王像，现仅存刻于龛内壁的头光、背光，以及最外的一周阴线上的孔雀羽毛、孔雀尾和一只爪子。

孔雀明王残像（摄于2021年）

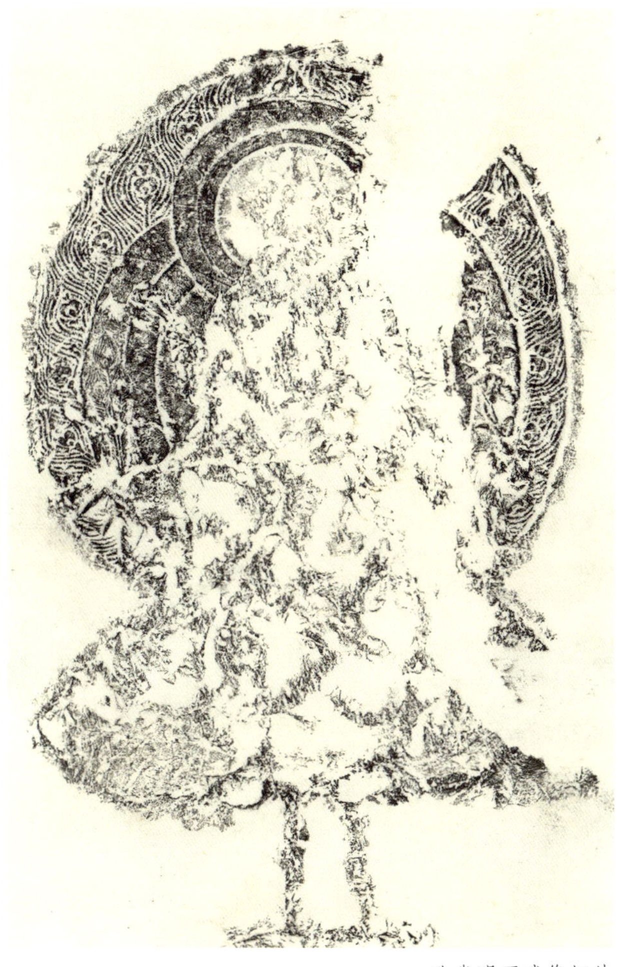

孔雀明王残像拓片

正面石壁上原本雕刻了一铺七身像。通过残留的佛像的头光和背光推测，七身像以三身坐佛像为主，三佛之间立有两身弟子像，最外侧还立有两身菩萨像。这组造像应雕造于五代吴越国时期。

三世佛前方，原有一尊形体较大的圆雕本尊坐佛像，大约雕造于明代。石壁再向北折，转折处有一座佛龛，如今也只剩造像的头光和背光。

正面石壁上的一铺七身残像（摄于2021年）

七身残像拓片

转折处的佛龛残像（摄于2021年）及其拓片

杨柳观音（摄于民国时期）

烟霞洞洞底原有一尊僧侣像。据记载，其雕刻技术不佳，可能为后代补作。

烟霞洞造像雕刻精美、栩栩如生，在中国佛教艺术史上有着重大的意义：其中既有已知年代最早的一组石雕十八罗汉像，也有世所稀见的一组五代时期双观音像，都是研究佛教艺术不可或缺的珍贵历史资料。

十八罗汉有定论

烟霞洞罗汉造像创始之初，究竟是十六身还是十八身，曾是一个长期存在争议的学术话题。有学者认为，十八罗汉是到了宋代才出现的，而烟霞洞的罗汉是五代时期的产物，那么定然是十六身，绝不会是十八身。但也有学者在1956年调查当时洞内尚存的十五身吴越国罗汉像后认为，烟霞洞的罗汉排列是相当整齐的，除了西壁因为石壁转折而安排了三世佛，其余基本是东、西两壁相对排列，井然有序。因而根据石龛数量推算，烟霞洞的罗汉原来就是十八身，而且烟霞洞可能是现存最早的十八罗汉造像实例。由于长期以来缺乏确凿的证据，烟霞洞原有的罗汉数量，成了一个悬而未决的问题。如今，这个问题终于有了定论。

烟霞洞罗汉造像旁都有盝顶竖长方形磨光幅面用于刻造像题记。以往的研究者虽有提及，但都认为这些题记已残损不清，不能释读。2021 年 1 月，在杭州西湖风景名胜区钱江管理处与浙江省博物馆的联合调查中发现，多处罗汉造像题记仍可释读，并及时保存了十处罗汉造像题记的相关资料。

烟霞洞幽深昏暗。明人王绍传在《西泠游记》中形容：“洞蓊郁幽邃，探之莫能穷。”撰写《两浙金石志》的清代学者阮元，当时也只能凭借烛光在洞内探寻题记，自然很难有更多的发现，故而只是在“吴延爽造石罗汉记”后写道：“诸像皆有题字，磨灭不全。惟全此三行，侧面向里，须秉烛方见也。”

吴延爽造石罗汉记

□都指挥使银青光禄大……右仆射渤海县开国男食……吴延爽舍三十千造此罗汉……

如今，得益于强光手电的发明，在冬季探访烟霞洞时，洞壁干燥，聚焦的光线从侧面一打，壁上的痕迹格外明显，这才有了发现这些造像题记的可能。如果仅凭肉眼或者一般的照明工具，尤其是在阴雨天，几乎看不到任何文字。当然，如果不懂相关历史及文化内涵，就算发现了文字，也无法了解其中蕴含着的重要历史信息。因此，这次烟霞洞罗汉造像题记的新发现可以说是“天时、地利、人和”都具备了。

通过对题记的释读，发现其中七块题记记载的七身罗汉的具体姓名和位置，正可与《法住记》中的记载一一对应。《法住记》全名《大阿罗汉难题蜜多罗所说法住记》，是由唐玄奘自印度带回并亲自翻译的、首次介绍十六罗汉的佛经。而另一块新发现题记的内容“庆友”，正是《法住记》作者难提蜜多罗（Nandimitra）的中文意译名。

根据题记内容和位置可以推测，烟霞洞除距离洞口最近的两身罗汉外，其余十六身罗汉均按照《法住记》记载的十六身罗汉的顺序以逆时针方向排布。吴越僧俗在《法住记》十六罗汉的基础上，于首尾添加了“庆友尊者”和题记中未署名的“罗汉”，组合为十八身罗汉造像，解决了后世悬而未决的“十八罗汉”起源问题，意义重大。此外，烟霞洞吴越国时期的罗汉、佛、菩

“庆友尊者”题记
（摄于2022年）

萨、塔等造像，都表现了《法住记》中描述的种种形象。可以说，整个烟霞洞造像正是《法住记》在人世间的具象化表现。

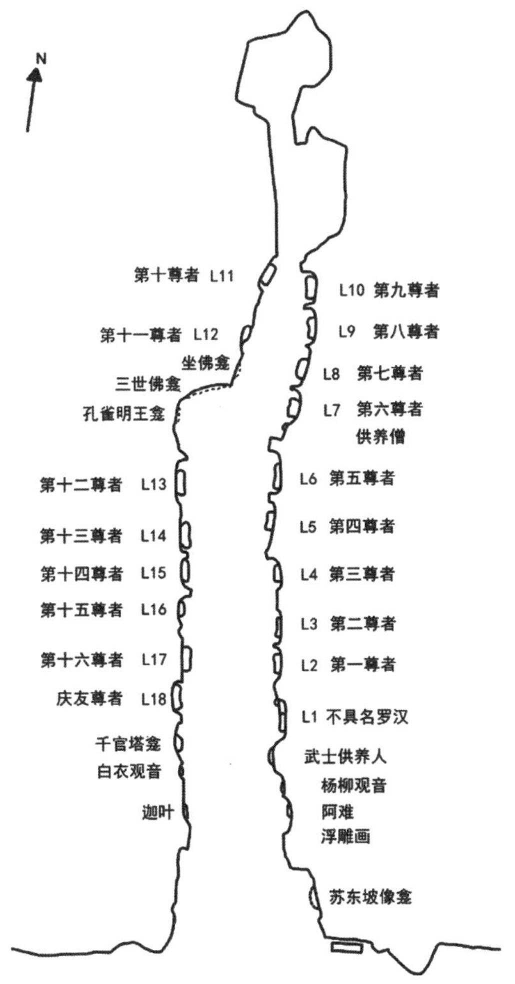
N
第十尊者 L11
L10 第九尊者
第十一尊者 L12
L9 第八尊者
坐佛龛
L8 第七尊者
三世佛龛
孔雀明王龛
L7 第六尊者
供养僧
第十二尊者 L13
L6 第五尊者
第十三尊者 L14
L5 第四尊者
第十四尊者 L15
L4 第三尊者
第十五尊者 L16
L3 第二尊者
第十六尊者 L17
L2 第一尊者
庆友尊者 L18
L1 不具名罗汉
千官塔龛
武士供养人
白衣观音
杨柳观音
迦叶
阿难
浮雕画
苏东坡像龛

烟霞洞现状平面图

①

②

L1 不具名罗汉

①吴越造像（摄于民国时期）

②吴越造像（摄于2022年）

不具名罗汉旁的武士供养人（摄于民国时期）

造像龛号	对应《法住记》中的信息			依 据
	位 序	尊 名	居 处	
L2	第一尊者	宾度罗跋啰惰阇	西瞿陀尼洲	推断
L3	第二尊者	迦诺迦伐蹉	迦湿弥罗国	题记
L4	第三尊者	迦诺迦跋厘堕阇	东胜身洲	推断
L5	第四尊者	苏频陀	北俱卢洲	推断
L6	第五尊者	诺距罗	南瞻部洲	推断
L7	第六尊者	跋陀罗	耽没罗洲	推断
L8	第七尊者	迦理迦	僧伽荼洲	推断
L9	第八尊者	伐阇罗弗多罗	钵剌拏洲	题记
L10	第九尊者	戍博迦	香醉山洲	题记
L11	第十尊者	半托迦	三十三天	题记
L12	第十一尊者	啰怙罗	毕利扬瞿洲	题记
L13	第十二尊者	那伽犀那	半度波山	推断
L14	第十三尊者	因揭陀	广胁山	推断
L15	第十四尊者	伐那婆斯	可住山	推断
L16	第十五尊者	阿氏多	鹫峰山	题记
L17	第十六尊者	注荼半托迦	持轴山	题记

①|
—
②

L2 第一尊者宾度罗跋啰惰阇

①吴越造像（摄于民国时期）
②吴越造像（摄于2022年）

L3 第二尊者迦诺迦伐蹉

①吴越造像（摄于民国时期）
②1979年重塑（摄于2022年）
③题记拓片

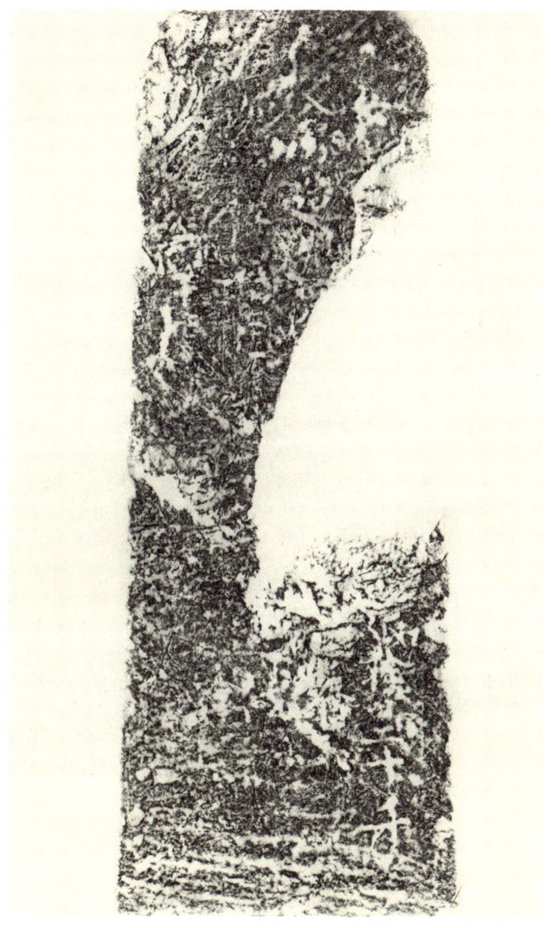

释文 女弟……娘舍三十千/入缘造迦湿……第二/迦诺……

①｜②

L4 第三尊者迦诺迦跋厘堕阇

①明代重塑（摄于20世纪50年代）
②明代重塑（摄于2022年）

①│②

L5 第四尊者苏频陀

①吴越造像（摄于20世纪50年代）
②吴越造像（摄于2022年）

五代吴越
第四苏频陀尊者

①
②

L6 第五尊者诺距罗

①吴越造像（摄于20世纪50年代）
②吴越造像（摄于2021年）

①
②

L7 第六尊者跋陀罗与供养人

①吴越造像，明代补塑头部（摄于20世纪50年代）
②吴越造像，明代补塑头部（摄于2021年）

①|②

L8 第七尊者迦理迦

①吴越造像（摄于20世纪50年代）
②吴越造像（摄于2021年）

①|②|③

L9 第八尊者伐阇罗弗多罗

①吴越造像（摄于20世纪50年代）
②吴越造像（摄于2015年）
③题记拓片

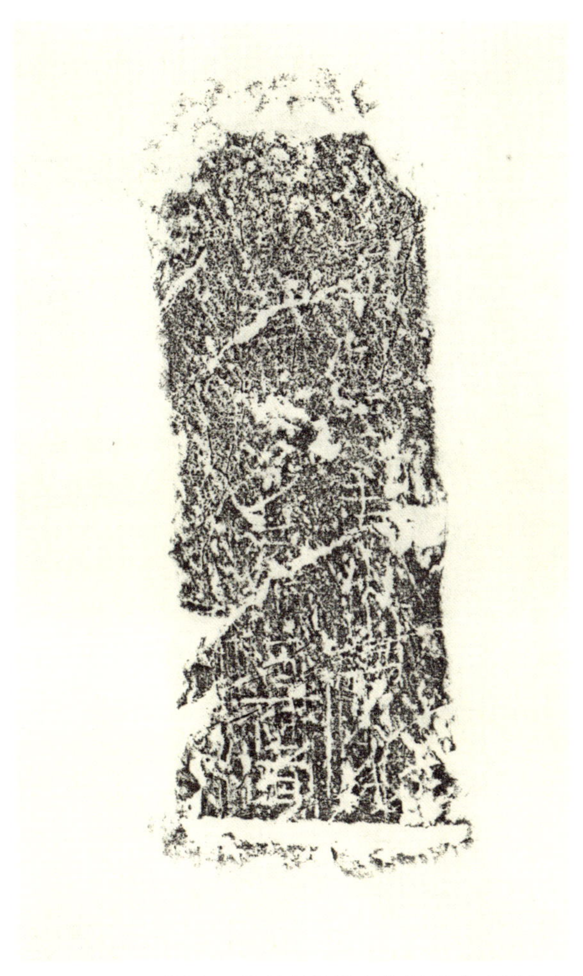

释文 钵刺拏州第八代/阇罗弗多罗尊者

①｜②｜③

L10 第九尊者戍博迦

①吴越造像（摄于20世纪50年代）
②吴越造像（摄于2021年）
③题记拓片

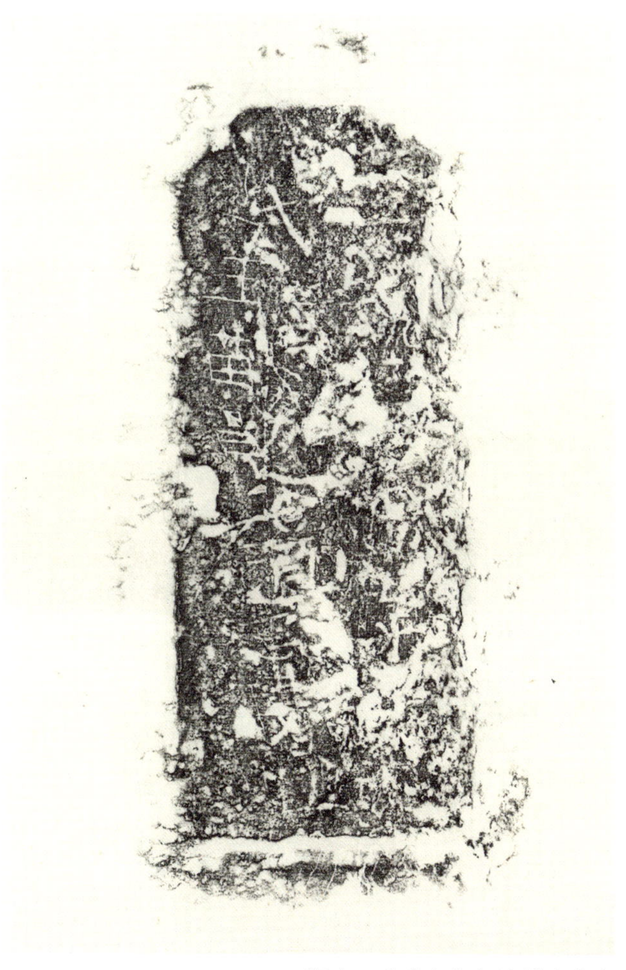

释文 香醉山第九/戍博迦尊者

①|②|③

L11 第十尊者半托迦

①吴越造像（摄于20世纪50年代）
②吴越造像（摄于2021年）
③题记拓片

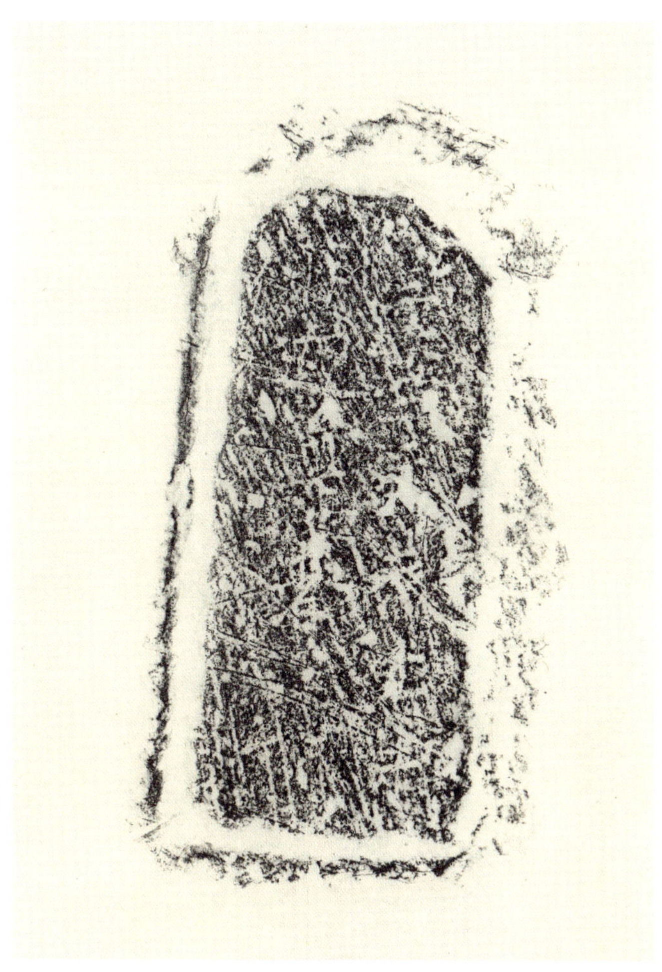

释文 三十三天第十半/托迦尊者

L12 第十一尊者啰怙罗（原像已毁，仅存空龛）

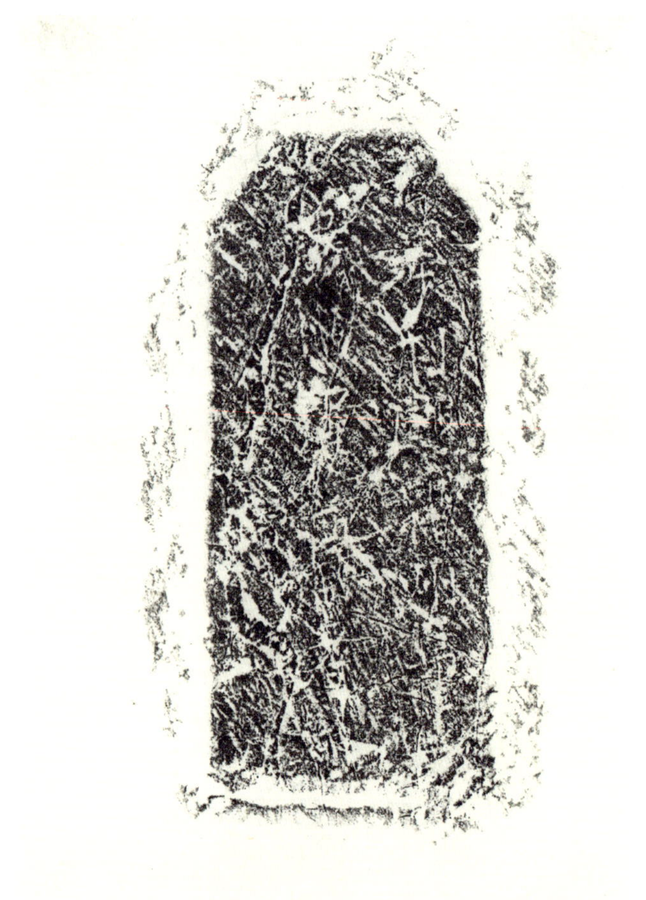

题记拓片释文 毕利飏瞿州第十一/啰怙罗尊者

L13 第十二尊者那伽犀那

原像已毁，1979年据L16吴越造像旧照重塑，并置于此龛中（摄于2022年）

L14 第十三尊者因揭陀

吴越造像（摄于2021年）

L15 第十四尊者伐那婆斯

1979年重塑（摄于2021年）

①|②

L16 第十五尊者阿氏多

①吴越造像（摄于民国时期），今像已毁
②题记拓片

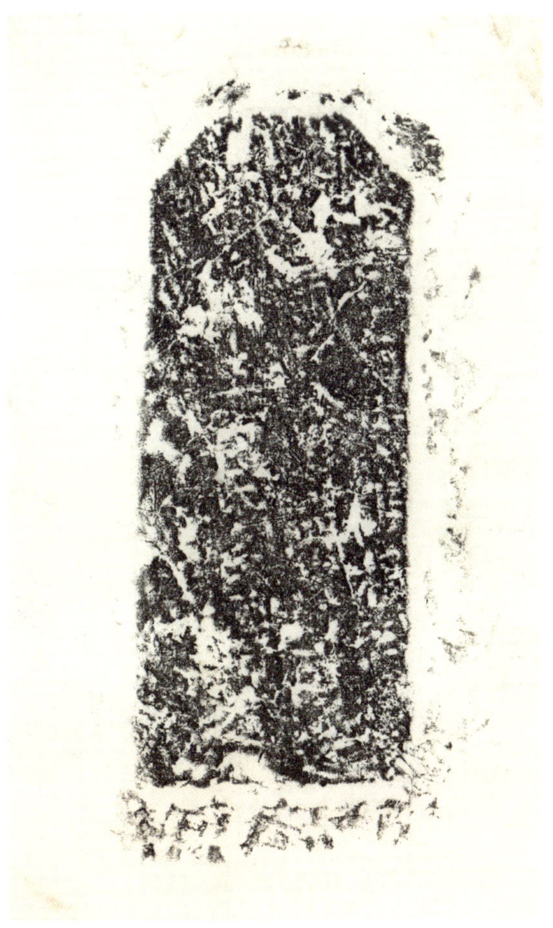

释文 □□□□□杨仁□/舍三十千……/峰山十五□氏多……

① | ②

L17 第十六尊者注荼半托迦

①1979年重塑（摄于2021年）
②题记拓片

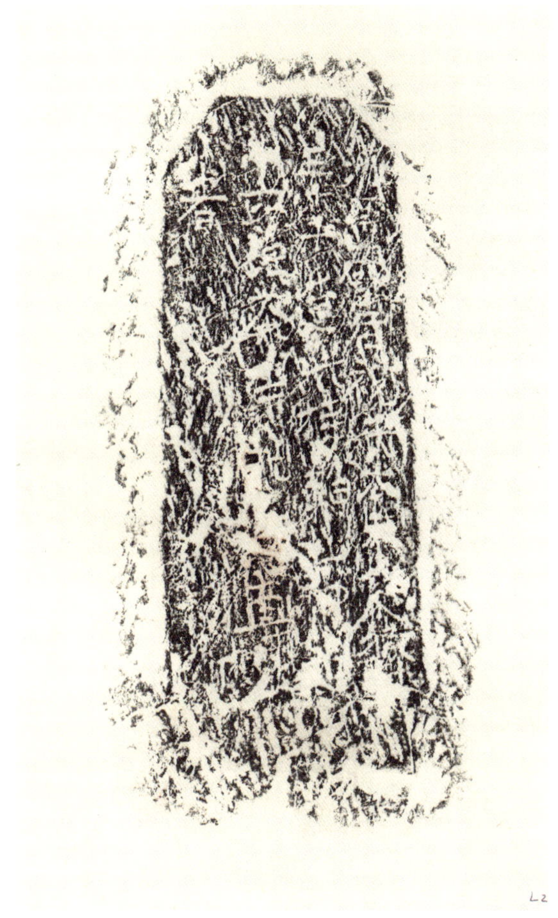

L2

释文 河南郡君祝氏太夫人入缘/三十千造此持轴山第/十六注茶半托迦尊/者

L18 布袋和尚像

原为庆友尊者像，明代改，1979年重塑（摄于2022年）

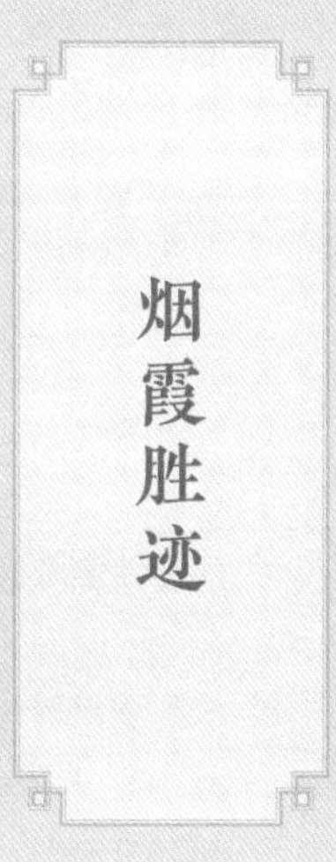

烟霞胜迹

烟霞胜景藏秀色

烟霞岭景色秀雅，洞幽林深，岚烟袅袅，十分僻静，晚清赵坦《烟霞岭游记》谓此地“秀气磅礴，苍松蔚然，晨光夕曦，烟浮霞映，彩错斓斒，天成图画”。其“一角夕阳藏古洞，四围岚翠接遥村”的意境，为历代文人所激赏。胡适爱在此读书养性，瞿秋白要来这里著书立说。巴金先生也在《随想录》中写道：

三十年代，每年春天我和朋友们游西湖，住湖滨小旅馆，常常披着雨衣登山，过烟霞洞，上烟雨楼，站在窗前望湖上，烟雨迷茫，有一种说不出的美。

烟霞洞畔多名胜古迹，奇石雅亭。过“烟霞胜境”圆洞门，沿走廊步入庭院，可见室内的众多楹联匾额，其中“品茶撷秀之轩”颇有特色，匾上“采英于山，撷秀于野。淡烟笼翠，明霞增妍。一瓯临窗，香留齿颊。流连忘返，堪已名轩”数语，玲珑隽永，值得玩味。

穿过建筑，有一片雅致的院落，名为“霞园”，由此而上可登南高峰。山路旁遍布奇岩怪石，奇石上还有不少摩崖石刻，大多是民国以后所题的，若是细细品读，还能发现不少题刻中蕴含的趣味。

烟霞洞与呼嵩阁
（摄于民国时期）

吸江亭（摄于2022年）

向左攀登，可到山腰的吸江亭，该亭初建于民国，由杉木构筑，简朴雅致。亭畔，即为耸立于烟霞洞之上的呼嵩阁，虽名为阁，实际上也是亭，只不过建筑巍峨雄壮，体量有甚于普通之亭，因而得名。

再往上走，就是颇有来历的陟屺亭了。亭乃金凤藻女士于清宣统三年（1911）为纪念其母所建，取《诗经·魏

呼嵩阁（摄于2022年）

陟屺亭（摄于2022年）

风》“陟彼屺兮，瞻望母兮”之意。金女士在《陟屺亭记》写道：

> 余于辛亥仲夏偕光松夫子养病西湖，暇时辄事游瞻，得便览湖山名胜，独少以幽邃胜者，惟烟霞洞最惬我意，徘徊瞻眺不能自已。回忆先慈生平极爱山水，而幽邃之境尤其欣赏，今得斯境而不能与吾亲同赏矣，思之泫然。爰邻洞口建筑斯亭，名曰“陟屺”，藉寄思亲之意，并述其缘起而为之记焉。

亭柱刻有楹联：

> 得来山水奇观，与君选胜；
> 对此烟霞佳景，使我思亲。

记文和楹联均十分感人，把烟霞美景和思亲之情结合起来，发自肺腑，哀感顽艳，读之不觉使人凄然涕下。金女士与其丈夫周光松亦合葬于烟霞岭。据《西湖新志》卷九记载，夫妇二人昔年游杭，曾发愿百年后合葬于此。后金女士先患喉疾，病情严重，幸亏光松昼夜看护，得以痊愈。没想到金女士病愈后，光松反而因为同样的疾病亡故。金女士痛不欲生，遂殉其夫而死。当时有人作诗记其事：

妻愈夫成病，夫亡妻忍存。
湖山埋义骨，风雨泣贞魂。
有愿翻疑谶，浮生幻莫论。
只今一抔土，长傍卧狮蹲。

烟霞洞左，有象鼻岩景观。《西湖渔唱》称其“凌空下卷，以形似名”。岩石天然形成内外层，外层酷似大象，两耳紧贴，

象鼻岩题刻
（摄于2022年）

象鼻岩（摄于2022年）

长鼻下垂，形象逼真；内层形似幼象，躲于母象腹下，憨态可掬，须俯身方可见。两石神形俱肖，比人工雕琢的更显生动。石上刻字“象象”，既有似象的意思，又道出象的数量，言简而意赅。附近还有佛手岩、落石岩、联峰等诸多石景，或如五指下垂，或如从天而降，或如屏风对立，各有异趣。

烟霞院中尝素斋

烟霞洞旁兴建于五代时期的烟霞院，坐落于群山环抱之中，依山面湖，地僻景秀。寺院至明代，圮而复建。清光绪年间，又有福建僧人学信来此，修葺寺舍，并植梅数千枝，树石坊于路旁，题额“烟霞古洞”，渐成湖上名胜。后来，在寺庙的堂前，还有胡适先生送给僧人的一帧条幅悬于板壁，这便是那首著名的《烟霞洞》。深山古寺，名人手迹，不失为南山一景：

我来正值黄梅雨，日日楼头看山雾。
才看遮尽玉皇山，回头又失楼前树。

不过，学信之于烟霞院的贡献，倒不仅在于修缮寺院，亦或文才出众，引得一时文人如俞樾、陈豪等都乐与之相交。他做得

民国时期到烟霞洞品尝素斋的游人

一手好素菜，故而烟霞院在其主持下，竟以素斋精致享誉湖上。他圆寂后，徒弟金复三也擅长蔬肴，直至二十世纪三十年代末，烟霞洞的素肴在西湖仍负盛名。

据民国时期的《清稗类钞》记载：

寺庙庵观素馔之著称于时者，京师为法源寺，镇江为

民国时期在烟霞洞内喝茶的游人

定慧寺，上海为白云观，杭州为烟霞洞。烟霞洞之席价特昂，最上者需银币五十圆。陈六笙方伯璚、冯梦华中丞煦皆曾饫之，每以其品之多且旨，味之清而腴，娓娓告人，赞不绝口。其极廉者亦需十六圆。

当时，还有人以《湖上素食》为题撰文：

> 湖上寺院之素斋，以烟霞洞为第一，其制法高人一等，味与荤者可以并比，大人先生文人富商，来杭莫不以先尝为快，故远近皆知，已早脍炙人口矣。惜其价太昂，自数元至数十元不等，即极普通菜之五六式，亦须酬洋四圆至六圆。

如今，虽不知烟霞洞素斋的具体菜色，但观其价码，已令人有奢侈之感。纵然如此，仍是顾客云集。佛家人无疑是古老的素食主义者。寺庙里的素斋，也就成了超凡脱俗的风味。

烟霞院旧址上的望江阁

疏影横斜烟霞梅

烟霞洞“适当山之腰，沿路上下，栽梅数千本，花时当更饶别趣”。古寺名梅，更显现出了烟霞洞生态环境的幽雅和历史文化的深邃。

“疏影横斜水清浅，暗香浮动月黄昏。”寒冬早春，唯有那神清骨秀，高洁端庄，花姿俏丽的梅花凌寒独放，丹青高手都喜欢将它作为画材，风雅之士也愿意把梅花图作为收藏对象。烟霞洞的梅花，曾经吸引了杭州名士陈蓝洲、陈叔通父子。他们与梅花的故事也被传为佳话。

陈叔通不仅是一位德高望重的社会活动家，也是酷爱书画的收藏鉴赏家，尤以“藏梅”而著称。

陈叔通的父亲陈蓝洲便雅好梅花。他曾与烟霞院的僧人一起栽梅，并常去寺中赏梅吟诗，聚朋会友。陈蓝洲身后所遗无

1994年，中国邮政发行“爱国民主人士——陈叔通”纪念邮票

多，但他留给陈叔通一幅明代唐寅的《墨梅》，是战乱后仅存的硕果，极其珍贵。为了纪念父亲，陈叔通便以这幅唐寅画作为基础，广征博购明、清两代名家画梅作品，并且定下一目标：“期于足百而止。”

此后的三十年间，他不仅常去烟霞洞探梅，更悉心收藏梅花古画，集成百家。这一百幅“梅”，或倚戏冬风，或笑傲冰雪，姿态多变。绘画章法和风格也各不相同，尤其是元末明初“画梅大王”王冕的一幅立轴《墨梅图》，画的是西湖孤山之

［元］王冕《墨梅图》

梅，枝老干叉，着花繁艳，上有一诗：

玛瑙坡前梅烂开，
巢居阁下好春回。
四更月落霜林静，
湖上琴声载鹤来。

画的四周有众多名家题识手迹，堪称稀世珍品，与唐寅的墨梅并列为“百梅”之首。陈叔通还将这珍贵的“百梅图”影印出版，名曰《百梅集》，这也是他的书斋名“百梅书屋”的出典。

陈叔通好游历，喜诗词，雁荡、庐山、莫干、峨眉、巫山、黄山、雪窦、天台、天童、育王，游踪所及，不废吟咏。1959年刊行的《百梅书屋诗存》中就

烟霞洞附近建筑花窗上的“梅花”

有他多次回西湖时的诗作，识者称他的诗“独往独来，自成一家。”

新中国成立后，陈叔通把他珍视异常、不轻示人的百家画梅悉数捐赠国家，收藏于北京故宫博物馆，了却了他“一则可以大家看，二则可以保管得更好”的心

烟霞洞前的梅花（摄于2020年）

愿。1966 年 2 月 17 日，全国人大常委会副委员长、全国政协副主席、全国工商联主任委员，喜好梅花的杭州人陈叔通逝世于北京，享年九十。

2018 年，借着开展烟霞洞造像整治保护工程的时机，西湖风景名胜区钱江管理处在烟霞洞试种了六棵梅花树。有四棵，种在了烟霞洞顶上的陟屺亭；还有两棵，一左一右，种在了烟霞洞的洞口。如果这些梅花长得好，也许以后还会再栽一些，恢复“疏影横斜烟霞梅”的景观。

古树“爱上”烟霞洞

烟霞洞的自然环境得天独厚：这里群山环绕峡谷，密林重叠掩映，山林水源丰富，自古洞幽林深，岚烟袅袅。这里的土壤酸碱度适中，表土层厚实肥沃，加上四季风雨调匀，气温的绝对差异不大，适宜林木的生长和发育。

烟霞洞的人文环境同样深沉、圆融、和谐：这里自古建有佛寺，僧人们往往能够顺应自然，与人为善，与生命为善，长期珍视和维护一地的生态环境，从而形成了“天人合一”的和谐境界。

烟霞洞远离市区，偏处一隅，历来前往探幽寻胜的游客，人数适中，人为因素对环境造成的负面效应，远远低于同处在西湖景区的灵隐、天竺、净慈等香火炽盛的佛刹。故而大批古木得以完整保存。

修篁染碧风韵爽，

古木垂荫清凉多。

在烟霞洞上，有一批西湖古树名木：有历史久远的香樟，有苍翠欲滴、矫健挺拔的松树，有高大魁梧、气势昂扬的梧桐，有亭亭如巨盖的千年黄杨树。在烟霞洞旁的小院子里，还有花泡树和油麻藤树依偎着生长，八十年来，这两棵树互比高低，茁壮成

烟霞院旧址附近古树
（摄于2022年）

长。凡是走进庭院的人，都惊奇于它们直插天空的高度，惊奇于它们不离不弃的姿态。

香樟在杭州这个城市有着悠久的种植历史，被人们视作“市树”。在烟霞洞的小径旁，就有一株一百八十多年树龄的古樟。它树姿雄伟，树冠开展，树叶繁茂，浓荫覆地，枝叶秀丽又散发着隐隐香气。

梧桐是一种优美的观赏树木，既可点缀于庭园、宅前，也可作行道树，种植于路边。特别是栽在烟霞洞上，正如李白诗所云“宁知鸾凤意，远托椅桐前”，多了几分灵气，多了几分诗意。

烟霞洞与古树名木之缘，造就了出类拔萃的生态环境，这或许是一种天意，但其实也是顺理成章的结果。

香樟（摄于2022年）

麻栎（摄于2015年）

烟霞桂花满陇香

初唐诗人宋之问曾在《灵隐寺》一诗中写道："桂子月中落，天香云外飘。"西湖桂花总是让诗人万般钟情。白居易在离开江南、定居洛阳时，写过一组《忆江南》，其中令他感触最深的便是："山寺月中寻桂子，郡亭枕上看潮头。"

桂花是西湖的秋季名花。早在初唐就流传着西湖桂花的传说：某年中秋之夜，灵隐寺周围，桂子像颗颗珍珠般从月宫纷纷落下。于是，人们就将这些粒儿种在寺前寺后，后来又逐步种遍西湖的四周。"桂子月中落"的传说给西湖桂花平添了一番诗情画意。晚唐诗人皮日休曾写有《天竺寺八月十五日夜桂子》：

玉颗珊珊下月轮，殿前拾得露华新。

至今不会天中事，应是嫦娥掷与人。

满陇赏桂（摄于民国时期）

北宋词人柳永在他描写杭州西湖的《望海潮》一词中也有“三秋桂子、十里荷花”的名句，极为脍炙人口。可见桂花早在唐宋时期已是西湖美景的标志之一了。苏轼等诗人也写过一些有关西湖桂花的名篇，他们结合传说，道尽西湖桂花的幽姿芬芳和空灵意境。明代戏曲家汤显祖有《天竺中秋》一首，读来颇有情趣：

江楼无烛露凄清，风动琅玕笑语明。
一夜桂花何处落？月中空有轴帘声。

至清代，据汪元文《西湖四时游兴》载：

在赤山埠内，四山丛桂数百株，中有百余年物，中秋前后最为佳景。

烟霞洞附近盛开的桂花（摄于2019年）

开在深秋的西湖桂花，色彩上虽不能与桃花、杜鹃比美，但它们以特有的芬芳馥郁，装点着西湖景色，显得格外富有情趣，充满着诗情画意。

赏西湖桂花，以满觉陇、翁家山、烟霞岭最为著名。满觉陇在烟霞洞与石屋洞之间，南高峰与白鹤峰两峰夹峙，原为自然村落。其后山多木栾树，春日黄花，秋后红果，景色喜人。五代后晋天福四年（939），此处曾建有圆兴院，后改为满觉院，地以寺传，遂称“满觉陇”。满觉陇两旁山地上，种有桂花万株以上。明代高濂《四时幽赏录》载：

> 地名满家弄（满觉陇）者，其林若墉若栉，一村以市花为业，各省取给于此。秋时，策蹇入山看花，从数里外便触清馥。入径，珠英琼树，香满空山，快赏幽深，恍入灵鹫金粟世界。

清代张云璈亦有《品桂》诗，云：

西湖八月足清游，何处香通鼻观幽。
满觉陇旁金粟遍，天风吹堕万山秋。

烟霞洞附近盛开的桂花（摄于2022年）

写的也是迤逦数里、桂树连云的景色。如今，不止满觉陇，烟霞岭上的桂树也更多了，岭中的小径、周围的建筑都已掩没在桂树丛中。每当桂花盛开，这里的翠柯绿叶上满缀着一簇簇、一团团金粟玉屑。漫步满觉陇，仿佛置身于金粟世界。而当一阵秋风拂过林梢之际，浓密的桂粟纷乱飘落，霎时淅淅地下起金色的桂雨，引人无穷遐想。

新亭新景增游趣

相比西湖群山中其他的伙伴，南高峰在古代杭州人的眼中是一座相对神秘的山。它的山路曲折而上，狭窄如羊肠，不穿着专门的登山鞋袜，很难攀爬而上。

五代吴越国时期，杭州佛风兴盛，幽深的南高峰里建起了烟霞院，在烟霞洞内雕凿了佛像，峰顶则树立起了高耸的南高峰塔。南高峰渐渐有了名气。明代《武林梵志》卷三载：

> 杭州西湖之南。山最胜处为南高峰。其阳则岩峦洞壑，奇绝诡丽。其阴则群山迂回，壁石险俏。

现今登临南高峰，视觉美感并不逊于古时。登至峰巅，东瞰西湖曼妙烟波，南俯钱江澎湃涌潮，西连龙井青葱茶园，与北高

烟霞洞通往南高峰的捷径（摄于民国时期）

峰遥相对峙。南北高峰独秀群山，形成“两峰相对不相连”“一片痴云锁二尖”的景致。

2020 年，南高峰景点周边环境整治工程完工，这里有了一条全新的游步道，把这些山路上的亮点串成一条景观链供大家探索，增添了许多游览趣味。

新的南高峰游步道就从南高峰山腰上最有历史韵味的烟霞洞

佛手岩洞中状若手掌的天然岩石（摄于2022年）

开始。在这里可以欣赏到精美绝伦的五代吴越国时期佛教造像。自烟霞洞而上，还能发现不少曾经低调的人文景观。

佛手岩位于烟霞洞上方的半山腰，因为洞口有一大石，如手掌下垂，筋节明晰，指爪葱倩，故而得名。佛手岩洞内不大，但就在这狭小的区域内，留存下了两宋至民国许多方摩崖石刻，大部分字迹都还清晰可辨。

经过佛手岩，很快会路过一座具有百年历史的路亭，名为“陟屺亭”，是清末的金凤藻女士为寄托思母之情所建。这座亭子还见证了胡适与曹诚英的凄美爱情。

陟屺亭下走出几分钟，一片以“大好湖山”为代表的石刻群出现在山崖之上。这几处摩崖石刻以民国作品为多，有“湖山幽邃”“仿若登仙”等字样。

拾级而上，可见路旁的“烟霞三墓”，这里长眠着刘师复、朱昊飞、胡明复三位民国时期的仁人志士。继续沿着游步道上山，是雕刻有明代

北望西湖（摄于2022年）

南眺钱江（摄于2022年）

罗汉造像的无门洞。

漫步山间，走过茶田，山崖对面即是开阔的山景，远处是若隐若现的钱塘江，使人心旷神怡。

这次南高峰景观整治，不仅在游线上新建了两处可供登山游客休息的亭子，更特意开辟了一片观景平台。登临观景平台远眺，视野极为开阔，北瞰西湖，南望钱江，山色秀翠，景如图画，钱塘江萦回若带，西子湖清莹如镜，三面云山一面城，杭州美景尽收眼底。

南高峰上寻古洞

烟霞洞与烟霞岭上的石屋洞、水乐洞并称“烟霞三洞”。其实，在南高峰上，除了烟霞洞，还有两个天然形成的洞穴，千人洞与无门洞。

千人洞在南高峰南坡山腰，是西湖群山中已经探明的所有山洞当中最大的一个，全长三百二十余米，洞室最高处约七米，洞内地势平坦，可容千人，故而得名。《杭州府志》记载：“山窦仅六尺许，渐进渐广，可容千人。相传昔有寇难，里人多避于此。今瓶灶陶器尚存。”《钱塘县志》记载：“洞底深者，投以石，久不闻声。”1937年，时为国民会议代表的姜卿云曾撰《探千人洞记》，发表在《越风》增刊《西湖》上，他在文中记述了与友人一同探洞的经历，并在文末列出了开发千人洞的若干建议。千人洞内还有许多蝙蝠，因此也被乡里称为“蝙蝠洞”。千人洞深

通往千人洞的游步道（摄于2022年）

处长年维持在十八摄氏度上下，冬暖夏凉，洞壁上的钟乳石在灯光映照下闪闪发亮，如同来到幽深的仙境。

如今，千人洞东口增添了观景亭，供过路游客休憩。亭上的匾额“咫尺摩天”正是洞内奇妙景观的最好写照。

沿着游步道继续拾级而上，可以看到南高峰上的另一天然溶洞——无门洞。无门洞外大内小，内部空间好似一个稍向左旋的海螺，当地人认为此洞如同无门的房舍，因此称它作“无门洞”。清代《湖山便览》卷八载：

> 自千人洞上百步许，又一洞曰“无门”，峭石巉岩，壁立数仞，可视不可登。洞深丈余，左右镌罗汉。

无门洞的造像雕造于明代。洞口右侧有一处圆拱形龛，里面雕凿了五尊佛像，其身体表面雕刻细部均已剥落，只残存了部分

千人洞东口的观景亭（摄于2022年）

细节。无门洞内有二十尊造像，其中两尊已残，其余均为罗汉像。罗汉像高度在三十至五十五厘米之间，均为中青年汉族僧人形象，其面相丰满，五官宽大，但无表情，衣纹刻划粗而简略，缺少写实感。无门洞的造像虽然雕造手法粗放，但造型简朴、姿态各异，不失朴实自然之美。

如今，无门洞外还有观赏平台，游客可登上平台近距离欣赏这些“圆头圆脑”的罗汉，无门洞也不再是书中记载的“可视不可登”的险峻之地了。

无门洞造像（摄于2009年）

重见天日的古塔

南高峰、北高峰分别是西湖自然山水中西南群峰、西北群峰的代表性山峰。南宋时，两座峰顶各有一座古塔，是两座山峰的标识性建筑。每逢云雾低横之日，自西湖西望，群峰隐晦而塔尖分明，因此在南宋就有了“两峰插云”这一景名。“西湖十景”形成于南宋，“两峰插云”便是其中之一。

清代，峰顶古塔皆毁废，康熙三十八年（1699），皇帝南巡杭州，御题“西湖十景”景名，将“两峰”改为“双峰”，并在洪春桥旁建观景亭和御碑亭，成为“双峰插云”的观景点。

南、北高峰都是历史悠久的佛教名山，山顶的两座佛塔曾是西湖最高的登临观景点。在春、秋晴朗之日，于凤凰山、苏堤望山桥、湖上及洪春桥一带观塔，遥相对峙的双塔迴然高于群峰之上，远望气势非同一般；尤其是白雾缭绕之际，塔尖于云中时隐时

［南宋］叶肖岩《两峰插云》（选自《西湖十景图册》）

显，状若尘世之外，恍若云天佛国。塔毁后，“双峰插云”的景观名因南、北高峰而依旧保留。

南高峰塔始建于五代后晋天福年间。南宋《淳祐临安志》记载：

南高峰，在南山石坞烟霞山后。高崖峭壁，怪石尤多。北望晴烟，江湖接目。峰下出寒水石，山中人竞采之，捣为齿药。上有砖塔，高可十丈。相传云：天福中建。崇宁二年，仁王寺僧修懿重修。

其后，《咸淳临安志》中首次将“南高峰塔”单列条目记载：

南高峰塔，天福中建，高可十丈。崇宁二年，僧修懿重修。乾道五年，僧义圆重建。

《咸淳临安志》中还收录了南宋乾道五年（1169）杭州僧人了心撰写的《重建南高峰塔记》，详细记载了当年的这次重建。重建后的南高峰塔高可十丈，四面塔龛内绘有二十四尊佛与菩萨像，以及天龙八部的十六尊护法神，可供信众礼佛之需。同时，佛塔每层辟轩窗，登临时可凭窗四望、观景抒怀，是登高揽胜、赏景游玩的绝佳去处。此外，塔在夜幕降临后“巡檐张灯”，又兼具引航灯塔的作用。这也是关于南高峰塔最早且最详尽的史籍记载。南高峰顶还建有塔院，《咸淳临安志》记载：

> （南高峰荣国寺）天福间建，原系塔院，奉白龙王祠。宝祐五年，福王捐施重修，请富阳废寺额。咸淳六年，安抚潜说友创造华光宝阁，门庑、斋堂、亭台等屋一切整备，且拓径以便登陟，又买官田二百亩为僧供，有五显祠。

南宋之后的史籍中，未见南高峰塔大修的记载，相反，却有不同时段对南高峰塔损毁情况的描述。南高峰塔在元代末年遭受了一次较大的破坏。成书于明嘉靖二十六年（1547）的《西湖游览志》载：“元季毁。旧七级，今存五级。”明万历四十年（1612），南高峰塔又遭受了一次严重的雷击破坏：“六月二十四日申刻，震雷绕击，砖石俱碎。”此后，南高峰塔衰颓之势日显。

清康熙十年（1671）刊行的张岱《西湖梦寻》中，已见南高峰

南高峰荣国寺山门旧影（摄于1924年）

塔“旧七级，今存三级”的记载。雍正九年（1731）的《西湖志》中，对南高峰的描述为“上有塔，晋天福中建，今下级尚存”。可见此时的南高峰塔仅余一级。

民国时期留下了几张南高峰塔的照片，从这些老照片上仍可见南高峰塔残存的一级塔身。到了二十世纪五十年代，南高峰毗

仅存一级塔身的南高峰塔（摄于民国时期）

邻的翁家山村民常挑塔砖回村建房，致使南高峰塔倾圮殆尽，建筑基址也全部湮没于地下。

2017 年，为配合南高峰景观提升改造工程，经国家文物局批准，杭州市文物考古研究所对南高峰塔遗址进行了考古发掘、清理保护等工作。根据发掘情况，南高峰塔建筑遗迹年代至少可分为早、晚两个时期。早期建筑遗迹位于南部第二级台

［明］宋懋晋《两峰》（选自《西湖胜迹图册》）

考古发掘的南高峰塔塔基（摄于2017年）

地上，主要由塔基、道路、塔院建筑基址等组成，年代为五代至宋。晚期建筑遗迹位于北部第一级台地上，主要为房屋基址，年代为清至民国。

通过此次发掘，可以了解南高峰塔塔基的一些情况。南高峰塔顺应峰顶平台地势，坐落于平台第二级台地的东南角，直接利用裸露于地表的天然石灰岩岩体作为塔基。根据石灰岩岩体的原生状况，塔基南、北部的筑造方式略有差异。塔基北部依托原生山岩作为塔基基体，该区域内的一层塔身就砌筑于凿平后的山岩之上；塔基南部因山岩不及，遂在生土上垫石填土夯筑而成。

在塔身南面存有一块不足一平方米的砖铺地坪遗存，共两层，底层铺砖呈长方形，尺寸较大，与杭州雷峰塔、苏州云岩寺塔吴越国时期所用的塔砖规格基本相同。上层铺砖尺寸较小，是南宋时期典型的“香糕

考古发掘中的南高峰塔遗址（摄于2017年）

南高峰塔遗址出土的塔砖（摄于2017年）

砖”。两种不同时代、规格的地砖相互叠压，说明南高峰塔于五代吴越国时期建成后，又在南宋时期进行过大修，印证了文献中南高峰塔“天福中建”，在宋代又多次重修的记载。

此外，考古发掘还采集到了不同规格的塔砖，其中一块印有“□民国第一庚申”纪年，可以看出，南高峰塔在宋代之后虽不再有大规模的维修，但一直有小规模的葺补。这些小

南高峰塔遗址发掘现场（摄于2017年）

规模整饬修葺虽无力改变南高峰塔的衰颓，但延缓了其彻底毁圮的速度，使得我们还可以从民国时期的旧照片中窥见南高峰塔的残貌。

“双峰插云”的景名尤在，而原本伫立在南北高峰上双塔却都已消失。这何尝不是一种遗憾！如今，南高峰塔塔基遗址重见天日，从中依稀可窥宋时“双峰插云”胜景之影。将来，能否真正重现南宋“双峰插云”的美景，也未可知。

南高峰塔遗址出土的建筑构件（摄于2017年）

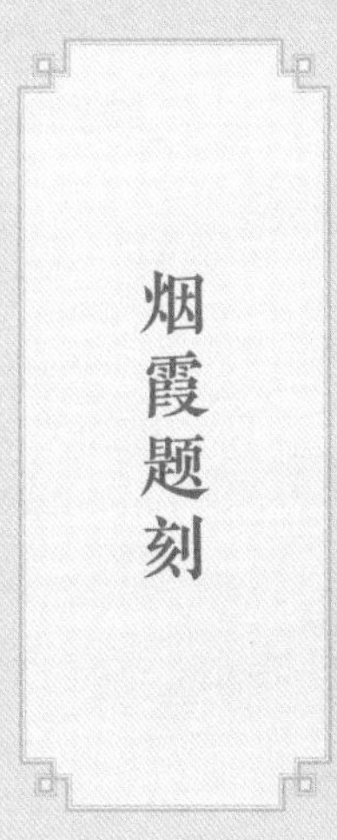

烟霞题刻

相比于其他艺术形式，摩崖石刻往往更容易留存，故而中国的许多风景名胜区总少不了历代摩崖石刻的“身影”。

在西湖南山的烟霞洞一带，除了全国重点文物保护单位烟霞洞造像及其题记外，在佛手岩、水乐洞、石屋洞和南高峰的山岭步道间也散布了不少文字石刻，其中不乏名人手迹题刻。这些题刻内容丰富、书法精美，与凤凰山南宋摩崖题刻、吴山历代题刻、大麦岭摩崖题记等西湖周边众多的题刻共同构成了西湖石刻书法艺术的洋洋大观，也为秀美的湖光山色增加了深厚的人文内涵和历史底蕴。

烟霞洞摩崖石刻

烟霞洞摩崖石刻分布在烟霞洞周边、象鼻岩及烟霞岭。有多处题记在二十世纪六十年代初被人为磨毁，现尚存摩崖石刻三十余处，主要刻于清至民国时期。其中有国民党元老居正、南浔富商金焘、昆曲大师徐凌云、新加坡爱国侨领林义顺等名人题字，还有民国时期南洋中学同学会、浙江省会警察厅等活动游记。烟霞洞摩崖石刻数量庞大、内容丰富、书法精美、字迹清晰，是研究杭州清至民国时期历史人物的重要实物资料。烟霞洞摩崖石刻现为杭州市文物保护单位。

烟霞此地多

烟霞洞坐落于南高峰山腰处。在烟霞洞公交站下车，沿着一条山间小径拾级而上，便能见到山崖边的烟霞洞。烟霞洞洞名的

杭州市级文物保护单位——烟霞洞摩崖石刻

来历有两种说法：一说是烟霞洞内石笋钟乳，受到阳光照射，五颜六色，犹如流光溢彩的烟霞；另一说是此处山间常有烟岚雾霭，故而得名。在烟霞洞口，立有一块上刻“烟霞此地多”字样的石碑，正是文人墨客对烟霞洞盛景最生动的概括。

石碑高一百六十四厘米，宽八十三厘米，篆书，每字半米见方，落款：

“烟霞此地多”石碑（摄于2021年）

光绪二十二年，南林沁园甫金焘题。

光绪二十二年即公元 1896 年。“南林”是南浔的旧称。“沁园”是金焘的号。“甫”字在中国古代是对男子的美称。

金焘是何许人呢?

金焘（1856—1914）是南浔金氏家族的第二代核心。清末，南浔富商有“四象、八牛、七十二狗”之说，金焘的父亲金桐便是这“八牛”之一。金桐会讲洋泾浜英语。道光二十二年（1842）上海开埠后，他在沪做“丝通事”，并开设了“协隆”丝号，经营南浔的“辑里湖丝”。因为他诚信经营，与人为善，很快便成了当地有名的富户，人称“小金山”。

金焘在继承并扩大其父产业的同时，极其重视子女的教育。他的几个儿女在接受传统儒家教育之后，又远赴英国留学。他的孙子金开英被誉为“中国炼油第一人”。到了民国初年，金家已享誉艺林，其子金绍城、金绍堂（金开英之父）、金绍坊，其女金章，才艺均享誉当时。

金焘的长子金绍城（1878—1926），号北楼，是民国初年北方画坛的领袖人物，曾与张大千并称“南张北金”，又与吴昌硕并称“南吴北金”。他是建立中国第一座国立博物馆——古物陈列所的创意提出者和直接经办人，对我国近代博物馆事业的发展功不可没。

金焘的三女金章，长于绘画，年轻时随兄游学英国，专攻西洋美术。婚后随夫赴巴黎生活，精通英、法两种语言。著名的收藏鉴定大家王世襄正是金章的儿子、金焘的外孙，可谓一门风雅。

烟霞胜境

烟霞洞旁，是著名的清修院旧址。新建的建筑正门是石库门形式，正中高悬着国民党元老居正题写的“烟霞胜境”四个大

石库门上高悬“烟霞胜境”题字（摄于2022年）

烟霞胜境

字，笔力清秀。

居正（1876—1951），字觉生，号梅川，湖北广济（今湖北武穴）人。少年时代的居正，聪颖好学，颇有文采，书法亦佳，为时人称颂。1907年秋，居正赴日本留学，入日本法政大学预备部和本科法律部。此后，他赴新加坡，晋谒孙中山，参加《中兴日报》的编辑工作，不辞劳苦地宣传革命。1912年元旦，中华民国临时政府成立，他出任内政部次长。辛亥革命失败后，参加了孙中山领导的二次革命、护国战争、护法战争诸役，身先士卒，作出了一定的贡献。居正曾任国民党中央执行委员、司法院院长兼最高法院院长、立法院院长等职。

居正虽处高位，但自奉节俭，常穿深蓝色布长衫，布袜布鞋，笃信佛学，自称“梅川居士”。他晚年潜心于佛经研究，成为一名虔诚的佛教徒。有《居觉生先生全集》《居正文集》等刊行于世。他的书法以端正劲力、气势充沛著称。

石刻举隅

刻文 光绪壬寅二月，吴县程铭敬、会稽金石来此。
年代 光绪二十八年（1902）

刻文 湖山幽邃。光绪戊申，辛仿苏题。

年代 光绪三十四年（1908）

刻文 甲寅九月，海宁徐凌云，鄞县张嘉甫、马叔平同游于此。

年代 民国三年（1914）

刻文 民国四年乙卯三月，吴兴屠镜如偕钱诗棣、沈朗轩同游于此。

年代 民国四年（1915）

刻文 乙卯孟秋，吴兴顾敬斋、王亦梅、凌铭之，吴县严春霖同游于此。

年代 民国四年（1915）

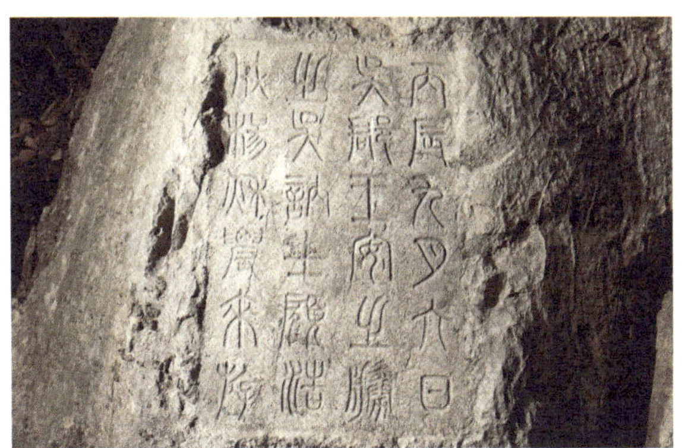

刻文 丙辰九月六日，吴郡王安之、胜之、吴讷士、顾浩威、杨秋农来游。

年代 民国五年（1916）

刻文 黄陂总统，以浙省当局勋绩，命群来浙慰劳朱先生兰言，约游于西湖之烟霞洞，炎热余威享此清凉幸福，爰镌数语藉留鸿印，同游者常州徐翰卿、淮阴王少南，民国五年季夏，古柴桑蒋群识。

年代 民国五年（1916）

刻文 古历丁巳二月，洞口梅花盛开，蜀人张朝墉偕孙玉叟、夏定侯、李振卿、李次九、赵守礼、曹彝仲，命酒赏梅。天大雨，雨中看花，益饶清兴。

年代 民国六年（1917）

刻文 民国六年仲夏，吴华甫、孙梅岭、范镛齐、沈尧甫同游至此。

年代 民国六年（1917）

刻文 宣统元年己酉九秋，曾同郑君伯昭到此。今又偕何君阆热、郑君滋标、子文焕、孙嘉礼重游。丁巳春，香山陈孟熊志，泉唐章钊书。

年代 民国六年（1917）

刻文 借石。借夏君定侯拓石书留。丁巳三月，孙泽。

年代 民国六年（1917）

刻文 丁巳中秋，南洋星洲侨商林义顺偕吴应培、邵甘棠等同游于此。民国六年九月三十日。

年代 民国六年（1917）

刻文 丁巳夏日，罗浮道子卫吉堂与岭南老师太，偕同晋兄重游于此。

年代 民国六年（1917）

刻文 中华民国十年小满日，宿雨初收，同上海陆子耕、陈刚侯，自湖上经石屋洞到此，顾景炎先生三日至嘉定，周元镛同笙记，长子振侍并书。

年代 民国十年（1921）

刻文 大好湖山。己未冬日，裘熙与客同游于此题。

年代 民国八年（1919）

刻文 己未立冬后一日，慈溪裘昌如偕咏沧霞如西珍赋雍讌游斯洞。裘穆卿题名于石。

年代 民国八年（1919）

刻文 己未夏五月杪，吴县汪堃龢，吴兴陈励青、陶幼江，会稽余廉深同游到此，书志鸿爪。

年代 民国八年（1919）

刻文 民国乙丑年润四月廿八日，以志鸿爪。广东香山：肇夔、郑洒金、程君普、黄逸轩、黄思强、黄兴国。

年代 民国十三年（1924）

刻文 丙寅初秋，南海黄子封、黄珮珍、黄琬珍、何逸洲，番禺区玉琼，新会林海筹，黟山胡乐培同至此，聊留鸿爪。

年代 民国十五年（1926）

刻文 丙寅上巳前三日，偕安得臣、李文卿、徐幹臣、顾慧芬同游。郑洪年题。

年代 民国十六年（1927）

刻文 仿若登仙。中华民国十七年戊辰冬日，旅日本神游华侨。

年代 民国十七年（1928）

刻文 戊辰初秋，关中党沄来游。

年代 民国十七年（1928）

刻文 民国十八年双十节，钱子新出会南洋中学校友于此，引满举白，谈笑大剧，名言至论，座皆彦硕，沐自然之伟宏，尽人生之清适，太上忘情，逆旅过客，忆盛会之难逢，悯流光之可惜，勒石烟霞，藉观今昔，同游者有杨杏佛、杨夫人、杨公子、胡刚复、顾桂生、汪湛青、王伯衡、罗景甫、黄兰生、朱企莘、曾壬林、毛西璧、刘士木、刘述香、李传书、周钧儒、吴少泉、陈东范、庄达卿、顾天放、郑初年、顾之本、朱志超、张知方、姚钟楠、谢宗元、洪苏祥、王裕尧、钱福渠、金涤文、洪蕙芬、钱镇初、李虞杰、张信昭、蒋及人、陈其吉、袁永年、程士范、吕仁一、陈体仁、林葆初、沈景初、王雨槎、万冕、李炘、陈永祺等五十三人。

年代 民国十八年（1929）

刻文 离一切诸相，修一切善法。不住相布施，亦不受福德。中华民国二十四年，水瑞元敬书。

年代 民国二十四年（1935）

刻文 湖灵毓孕。

年代 不详

刻文 壬戌又五月既望后二日，尽阴道人、哈哈头陀、颠倒和尚率成人三、冠者二、童子二、戒僧一，共歌酒。此间大乐，因摩岩以志。

年代 不详

佛手岩摩崖石刻

佛手岩位于烟霞洞上半山腰处，因洞口有一大石，如手掌下垂，筋节明晰，指爪葱倩，故而得名。

佛手岩洞内不大，但就在这不大的区域内，留存下了两宋至民国时期的八方摩崖石刻，且大部分字迹都还清晰可辨。其中最早一方可追溯至北宋熙宁七年（1074），具有较高的历史文化价值。

民国二十三年（1934），一代楹联大家黄文中曾与友人寻幽而至，观宋人题刻。民国二十四年（1935），曾任北洋政府教育总长的傅增湘与著名书法家邢端也同游到此。

佛手岩摩崖石刻现为杭州市文物保护单位。

刻文 乙亥四月，偕贵阳邢端，宿烟霞洞，游佛手岩，观宋人题名。江安傅增湘记。

年代 民国二十四年（1935）

刻文 民国二十三年六月九日，陇右张维、魏敷滋、魏鸿发、黄文中寻幽至此，观宋明旧题字，刻石记游。

年代 民国二十三年（1934）

北宋鲁有开题刻

佛手岩的摩崖石刻中，时间最早的，可以追溯到北宋神宗熙宁年间。石刻题：

兖国鲁有开元翰，熙宁甲寅十月廿五日，游佛手岩。

熙宁甲寅，也就是熙宁七年（1074）。鲁有开，字元翰，亳州谯县（今属安徽）人，是北宋著名谏臣鲁宗道的子侄辈，性情也像自己的长辈一样耿直清廉。《宋史》卷四二六为循吏立传，选取十二人，鲁有开就位列其中。

鲁有开好礼学，通《左氏春秋》，仁宗皇祐五年（1053）考中进士，后入朝为官。他曾经掌管韦城县（今属河南），贼寇听闻，吓得不敢入境，只敢在邻县横行；又曾在确山县（今属河南）做知县，当时县里的大姓把持官政，在鲁有开的治理下，这种现象不复存在。仁宗时出任丞相，并与范仲淹共同推行“庆历新政”的富弼，也称赞鲁有开有古时清官的风骨。

神宗即位后，重用王安石，推行变法。鲁有开站在保守派一边，并不支持新法。王安石问鲁有开：“江南情况怎么样？”他

北宋鲁有开题刻
（摄于2021年）

说："变法刚刚开始实施，还没看出问题所在，以后就会看出来的。"王安石觉得他的回答乖异，便将他贬去杭州做通判。

在类似的时间遭遇类似命运的，还有一位我们非常熟悉的诗人——苏轼。鲁有开本就与苏轼的弟弟苏辙相识，又在杭州与苏轼一起担任通判，关系十分密切。苏轼曾写诗一首《寄怪石石斛与鲁元翰》：

山骨裁方斛，江珍拾浅滩。
清池上几案，碎月落杯盘。

老去怀三友，平生困一箪。
坚姿聊自儆，秀色亦堪餐。
好去髯卿舍，凭将道眼看。
东坡最后供，霜雪照人寒。

这首诗，一则是苏轼借花草怪石寄托情怀，以栽植顽石自警，哪怕是生活贫困，也不改志向，不向强权低头；二则说明苏、鲁相交知心，患难与共，是两人友谊的见证。

苏轼于熙宁四年（1071）来到杭州，在杭州做了三年通判后，于熙宁七年（1074）秋天调往密州（今属山东）。这年十月，鲁有开来烟霞洞游玩，留下了这块留存近千年的摩崖石刻。或许他是在苏轼走后，登高望远，遥寄对好友的思念；又或许二人是同行前来，在南高峰的石壁上留下一份纪念，流传千年。

鲁有开七十五岁去世时，苏辙为他撰写了挽词：

遗直诵家声，持心本至诚。
何劳求皦察，所至自安平。
气象余前辈，才华属后生。
飞腾看诸子，相继亦公卿。

北宋林虙题刻

在佛手岩，还有另一块摩崖石刻，与鲁有开留下的北宋摩崖石刻相距仅十八年。石刻题云：

> 林虙德祖、弟虞季野、杨畯耕道，元祐七年四月同游烟霞洞佛手岩。

元祐（1086—1094）是宋哲宗的第一个年号。元祐七年，也就

北宋林虙题刻（摄于2021年）

是公元 1092 年。

林虑，字德祖，号大云翁，福建福清人，寓居吴郡（今江苏苏州）。宋神宗元丰年间，中试太学第一。哲宗绍圣四年（1097），登进士第，为太学录。大观年间，教授常州。后迁宣德郎，任徐州知州、申州知州，累官至开封府左司录。林虑著述颇丰，但多有散佚。今传林虑编纂的《西汉诏令》与南宋楼昉续编的《东汉诏令》合为《两汉诏令》，已成为学习中国古代历史、法律的重要参考文献。

林虞，字季野，为林虑堂弟。元祐六年（1091），登进士第，后试宏词第一人，入官比兄长更早。历起居舍人，最终在朝请大夫、秘阁修撰职位上退休。

林虞之父林希、林虑之父林旦在历史上有着更高的知名度，《宋史》卷三四三甚至为两兄弟单独立传。福建福清林氏家族在宋代出了很多进士，而林希、林旦这一辈，更是有四人及第，为林家光耀门楣。

林希，字子中，号醒老，嘉祐二年（1057）进士。他曾任宝文阁直学士、成都知府、资政殿学士、同知枢密院事等职，著述有《两朝宝训》《林氏野史》《林子中奏议集》等。

林旦，字次中，嘉祐二年（1057）进士。熙宁中，由著作佐郎历监察御史里行，居台五月，以论李定事罢。元祐元年（1086），复拜殿中侍御史。后出为淮南转运副使，历右司郎中秘书少卿、太仆卿，终河东转运使。

元祐五年（1090），苏轼在杭州的第二次任职刚刚结束不久，林希便到杭州担任知府。林希与苏轼、苏辙两兄弟也有交集。他曾给苏辙写过一联：

父子以文章冠世，迈渊、云、司马之才；
兄弟以方正决科，冠晁、董、公孙之对。

然而宋徽宗上台后，贬斥苏轼、苏辙等人的诏令，竟是林希起草的。就连贬斥司马光、刘挚等人的诏令，也出自他之手。一日，林希写完一篇诏令，掷笔于地，说道："坏了名节矣。"

元祐七年（1092），林虑、林虡、杨畯三人至杭州南高峰游玩，并留下了这块摩崖石刻。林虑入仕后，因不满朝廷黑暗而称病辞官，告老还乡，著书立说。他的好友程俱曾为他赋诗一首，感叹其两袖清风。或许，林虑也是因见证了父辈在官场中的沉浮，而回到南方，游乐于山水间，选择了更纯粹的生活方式吧。

南宋何伯应题刻

佛手岩还有一方南宋石刻，题云：

何伯应、潘安叔、江幼度以淳熙丁酉十月六日自高丽来游。伯应之侄惟澂，子惟滋，侄孙林安叔之子景羔、景西、景开侍行。僧师观同至。

淳熙（1174—1189）是宋孝宗的第三个，也是最后一个年号。

南宋何伯应题刻（摄于2021年）

淳熙丁酉，即是其中的淳熙四年（1177）。

在石刻一连串的名字最后，有一位名为师观的僧人。虽然他的名字排在最后，只是同游者中的一位，但他流传的诗句或许并不令人陌生：

颂 古

未审魂灵往寻方，无栖泊处露堂堂。

水向石边流出冷，风从花里过来香。

偈 颂

鹤立松梢月，鱼行水底天。

风光都买尽，不费一文钱。

须知此语无穷日，只恐沧溟有尽年。

这些幽默而充满禅意的诗句，就出自这位释师观之手。

师观，号月林，俗姓黄，福州侯官（今福建福州）人。他十四岁入雪峰山出家，自此之后游历多地，曾在杭州的崇孝显亲寺、西湖澄翠庵等地停留修行。

师观为南岳下十七世大洪证禅师法嗣。“法嗣”是佛教语，在禅宗中指的是继承祖师衣钵而主持一方丛林的僧人，可见师观在当时的佛教界是有一定地位的。

师观于嘉定十年（1217）去世，享寿七十五岁，留下著作《月林师观禅师语录》，流传至今，为人所知。

明代汪玄锡、张芹等人题刻

在佛手岩石刻中，还有一方明代石刻，题云：

> 嘉靖乙酉春，歙汪玄锡、信郑毅、淦张芹同游。

这三位留名者中，汪玄锡、张芹都是明正德、嘉靖年间著名的谏臣，他们因勤于进谏，正直不阿，而被载入《明史》，为人所铭记。

汪玄锡，字天启，号蓉峰，出生于文化传统悠久、文人墨客众多的安徽歙县，二十五岁进士及第，任兵科给事中一职，后来又升任都给事中。兵科给事中在明代是参与军事监察的要职，是皇帝的近侍职官。当时在位的是明武宗朱厚照。

据《明史》载，武宗荒疏朝政，极好逸乐。一次，明武宗要

明代汪玄锡、张芹等人题刻（摄于2022年）

出巡昌平、宣府、大同，汪玄锡等官员反复劝谏，强调：“宣府守将朱振等人若都随陛下西巡，让外寇乘虚入塞，又该如何防御呢？”明朝的边境形势并不稳定，从这一谏言中足可见汪玄锡的深谋远虑。

正德十二年（1517），明武宗御驾亲征，在应州击败了侵扰明帝国边境的鞑靼，史称“应州大捷”。朝廷大赏文武群臣。

面对丰厚的赏赐，汪玄锡却不愿接受。他说：“这场战役边境无数居民丧命，六军也多有伤亡。现在我们君臣欣喜交贺，然而被俘囚禁于敌营的军民却在向南号哭，臣等又怎么忍心受这份赏赐呢？”

明武宗（据台北“故宫博物院”藏《历代帝后半身像册》）

正德十六年（1521），明武宗逝世，时年三十一岁。他的堂弟朱厚熜入嗣大统，为明世宗，年号嘉靖。

嘉靖四年（1525），汪玄锡在太仆寺卿任上，和郑毅、张芹两位好友来到杭州游玩，留下了这块摩崖石刻。

明世宗（据台北“故宫博物院”藏《历代帝后半身像册》）

然而嘉靖初，政局动荡，“大礼议”之争风波未息，又发生一起震动朝野的大案——李福达之狱。此案牵涉到民间秘密宗教和统治集团内部的矛盾纷争。审理一波三折，几经反复，甚至酿成冤狱。作为一个正直的谏臣，汪玄锡对此事自然深感不平。嘉靖六年（1527）的一天，他与光禄少卿余才讨论起李福达案，偶然说了一句："李福达案已知详细情况，为何要生出更多的事来才停止呢？"然而这句话被监视官员的密探透露给了当时办理李福达案的张璁。很快，汪玄锡和余才就被下狱拷打，安上反对皇帝的罪名。

当时，因反对张璁立场而被下冤狱问罪的官员，很多被判谪戍极边，即使遇到大赦也不能豁免。汪玄锡虽然免于谪戍边疆，但却要受到"抛城"的刑罚。"抛城"，字面意思就是从城墙上被扔下来，这可以说是非死即重伤的严重刑罚。然而，汪玄锡却侥幸活了下来。有一种说法是汪玄锡的门生、同僚众多，他们为了救回汪玄锡，在四城之外广垫棉絮，最终使汪玄锡得以保命还乡。

自此之后，汪玄锡隐居故乡十四年。而后又被重新启用，历任都御史、江西巡抚，再调户部，最终以户部右侍郎，也就是国家财政部副部长的身份致仕。汪玄锡六十岁去世后，还被追赠户部尚书，赠祖辈、父辈三世尚书，赐谥号贞敏。

另一位在摩崖石刻上留名的张芹（1466—1541），字文林，号歉庵，峡江人（今属江西）。弘治十五年（1502），进士及第，授福州推官。张芹通晓吏事，曾经奉命审讯一个典史的案件。该典史贪污不法，却交结监察御史，以图逃罪。张芹不为所动，仍将其绳之以法。福建巡按官员屡次向朝廷举荐其才，遂召为南京御史。

张芹最有名的事迹，当属弹劾当朝大学士李东阳。明武宗时

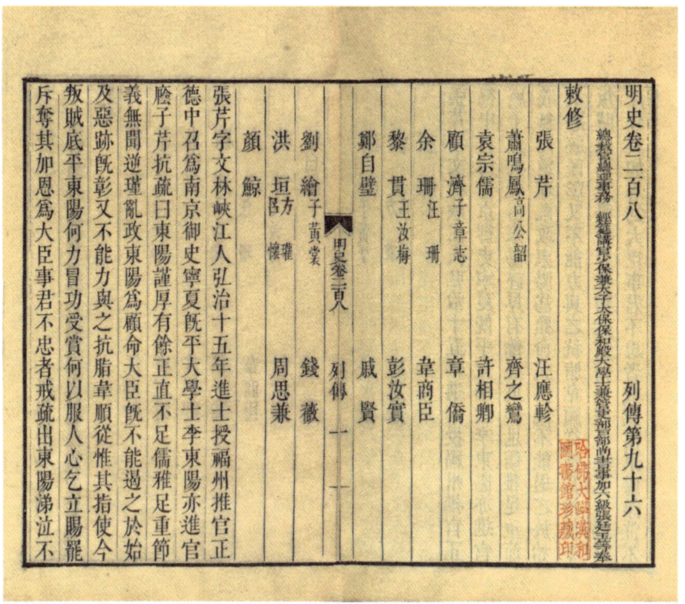
明史卷二百八　列傳第九十六
總裁官總理事務經筵講官少保兼太子太保保和殿大學士兼管吏部戶部尚書事加六級張廷玉等奉
敕修
張芹　汪應軫
蕭鳴鳳 高公韶　齊之鸞
袁宗儒　許相卿
顧濟 子章志　章僑
余珊 汪珊　韋商臣
黎貫 王汝梅　彭汝實
鄭自壁　戚賢
明史卷二百八　列傳　一
劉繪 子黃裳　錢薇
洪垣 方瓘 呂懷　周思兼
顏鯨
張芹字文林峽江人弘治十五年進士授福州推官正德中召爲南京御史寧夏既平大學士李東陽亦進官廕子芹抗疏曰東陽謹厚有餘正直不足儒雅足重節義無聞逆瑾亂政東陽爲顧命大臣既不能遏之於始及惡跡既彰又不能力與之抗脂韋順從惟其指使今叛賊底平東陽何力冒功受賞何以服人心乞立賜罷斥奪其加恩爲大臣事君不忠者戒疏出東陽涕泣不

《明史·张芹列传》书影（哈佛大学汉和图书馆藏清乾隆武英殿本）

期，宁夏王叛乱得以平定。当时的大学士李东阳也因此进官荫子。张芹不平，抗疏说："李东阳谨厚有余，正直不足；儒雅足重，节义无闻。逆贼刘瑾乱政，李东阳作为顾命大臣，既不能在开始时将他遏止，等到恶迹显露出来，又不能竭力与之抗争。他圆滑顺从，任其指使。现在叛贼被平定，李东阳出了什么力？冒功受赏，用什么来服众人之心？乞求皇上立即将他罢斥，剥去加在他身上的恩赐，作为大臣事君不忠的警戒。"疏章出来，李东阳涕泣不能辩解。皇帝谴责张芹沽名钓誉，命令他自诉情状。张芹请罪，被停俸三个月。

嘉靖初，张芹迁任浙江海道副使，历任右参政、右布政使。就在这一期间，张芹与汪玄锡等人攀登南高峰，留下这块摩崖石刻。

张芹后因在浙江海道任上，发生倭人贸易团争贡，误伤百姓的事件而被追责，遭到罢官，回到家乡。他在家中侍奉继母，讲求孝道，持身节俭朴素，麻袍粗食，安度余生。

张芹在佛手岩留下的摩崖石刻，与清末金凤藻女士为寄托思母之情而建的陟屺亭，在南高峰烟云缭绕的山腰上遥遥相望。而他的名字，也因他仗义果敢的言行，被记录在《明史》中，流传至今。

石刻举隅

刻文 睢阳王廷老伯敭、钱塘吴君平常甫、大名王颐正甫、昭武上官坦彦明、临川王安上纯父同游。后二年，伯敭与常甫、彦诚、仲举、明仲、子明同来。

年代 北宋熙宁六年（1073）

刻文 王廷老伯敭、张靓子明、孙迪彦诚、吴君平常甫、胡志忠仲举、郭附明仲，熙宁八年四月廿三日自兴教院游烟霞洞，观佛手、落石二岩。

年代 北宋熙宁八年（1075）

刻文 德甫必强子中，三年十月三日再游佛手岩、落石二岩。
年代 北宋末（约1094—1127）

水乐洞摩崖题刻

水乐洞摩崖石刻位于翁家山南部烟霞岭上的水乐洞内外。水乐洞是五代吴越国西关净化禅院遗址，至今仍留有刻于五代后晋开运三年（946）的“西关净化禅院新建之记”碑一通。

水乐洞内现存两宋至民国的摩崖石刻三十七方，其中北宋熙宁二年（1069）郑獬“水乐洞”题名和熙宁癸丑（1073）王廷老等题名，是年代最早的两方摩崖石刻。

水乐洞摩崖石刻是西湖文化的重要组成部分，对书法、历史等研究具有重要价值，2013 年被确定为杭州市文物保护单位。

水乐洞摩崖题刻（摄于2021年）

留存的五代“西关净化禅院”碑（摄于2022年）

“西关净化禅院”碑拓片，碑首“西关净化禅院新建之记”数字清晰可辨

刻文 熙宁二年十二月，翰林郑公与诸□寻山至此，□□久之，遂命曰“水乐洞”。南舒正夫题。

年代 北宋熙宁二年（1069）

刻文 嘉靖乙酉岁季秋吉旦，新安云所书：水乐洞。守愚鲍迹□□□□□沈体仁、沈训同立。

年代 嘉靖四年（1525）

刻文 钱塘陈希濂、金棻于嘉庆丁巳春日，来此修禊，煮名赋诗，因题于后。

年代 清嘉庆二年（1797）

刻文 汉安张虎痴及其弟丽诚、文修、大千、君绶五人来游于此。

年代 民国初

刻文 丁卯相月：智水仁山。陈国光镌。

年代 民国十六年（1927）

刻文 民国戊辰之春：清乐梵音。释大方题。

年代 民国十七年（1928）

刻文 民国十七年八月初九日：空谷传声。旅缅华侨苏礼用、陈育物偕周尚斌游洞纪念。

年代 民国十七年（1928）

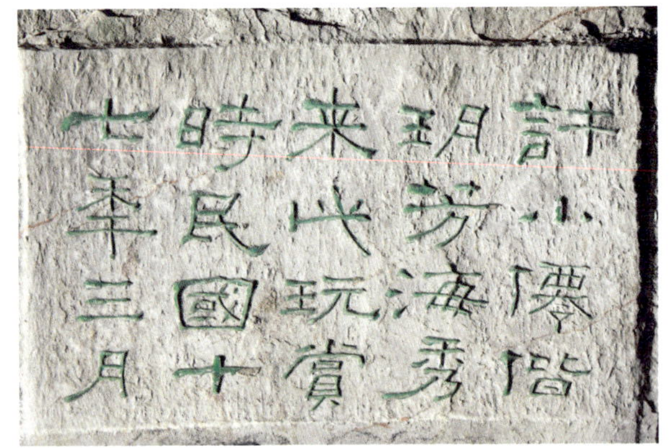

刻文 许小仙偕玥芳、海秀来此玩赏，时民国十七年三月。
年代 民国十七年（1928）

刻文 己巳秋月：渐明。谢东昇题。
年代 民国十八年（1929）

刻文 己巳年：水乐洞天。杨孔远题。

年代 民国十八年（1929）

刻文　梁诚利、梁肇明：听泉纪念。庚午。

年代　民国十九年（1930）

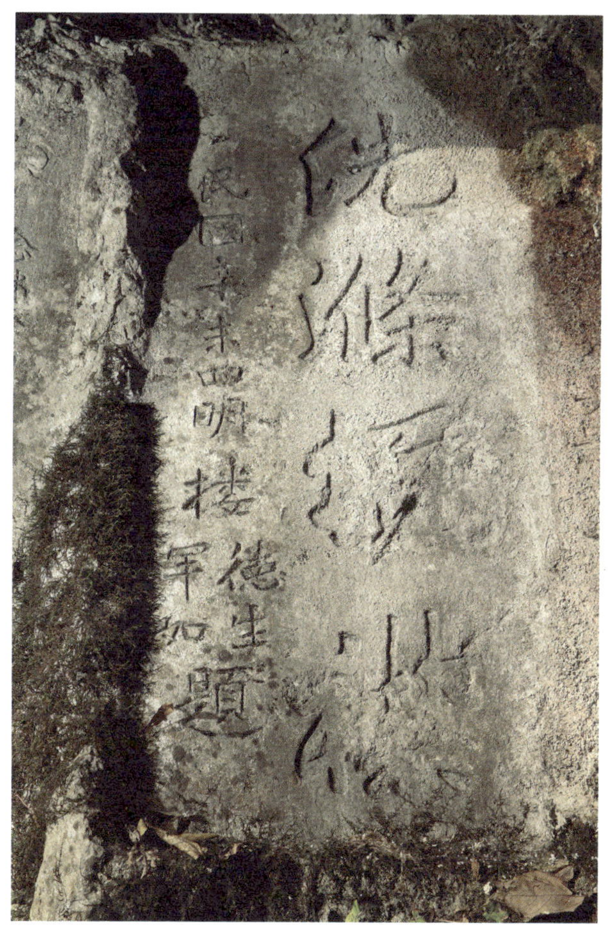

刻文 洗涤尘襟。民国辛未四明楼德生、楼罕如题。

年代 民国二十年（1931）

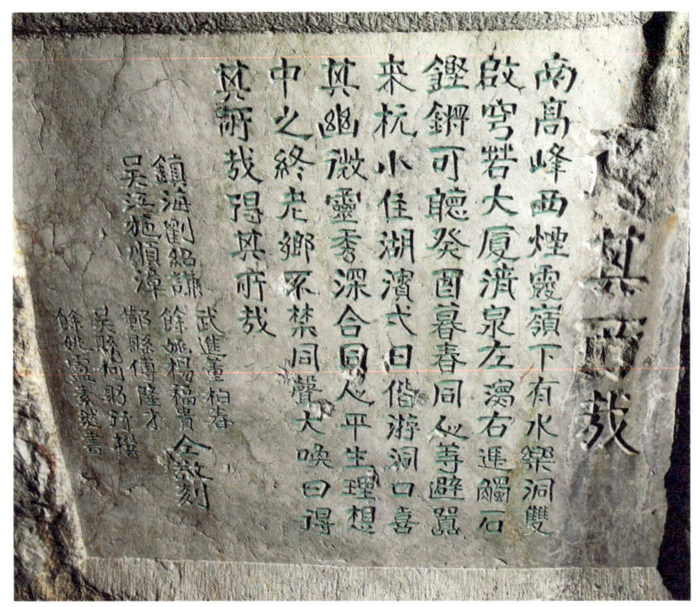

刻文　　得其所哉

南高峰西烟霞岭下有水乐洞双启穹若大厦，清泉左泻右进，触石铿锵可听。癸酉暮春，同心等避嚣来杭小住。湖滨一日，偕游洞口，喜其幽微灵秀，深合同心平生理想中之终老乡，不禁同声大唤曰："得其所哉！得其所哉！"镇海刘绍谦、吴江施顺漳、武进董柏春、余姚杨富贵、鄞县傅隆才、吴县何躬行撰，余姚卢素然书，仝敬刻。

年代　民国二十二年（1933）

刻文 一切有为法，如梦幻泡影，如露亦如电，应作如是观。中华民国二十三年，水瑞元敬书。

年代 民国二十三年（1934）

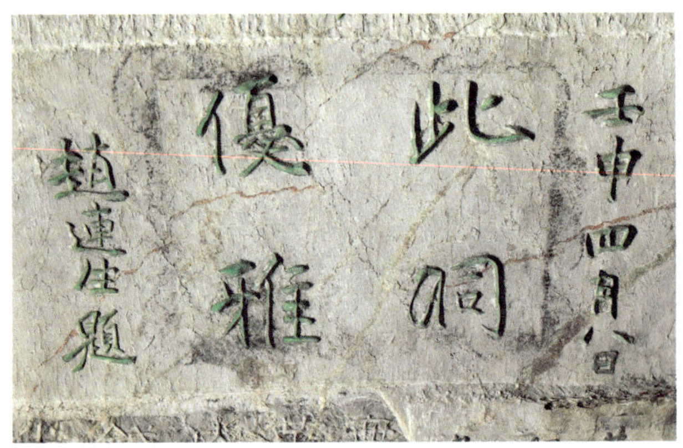

刻文 壬申四月八日：此洞优雅。赵连生题。
年代 民国二十一年（1932）

刻文 乙亥夏月：余知水之乐。陈□□题。
年代 民国二十四年（1935）

刻文 留云谷。丁丑十月。

年代 民国二十六年（1937）

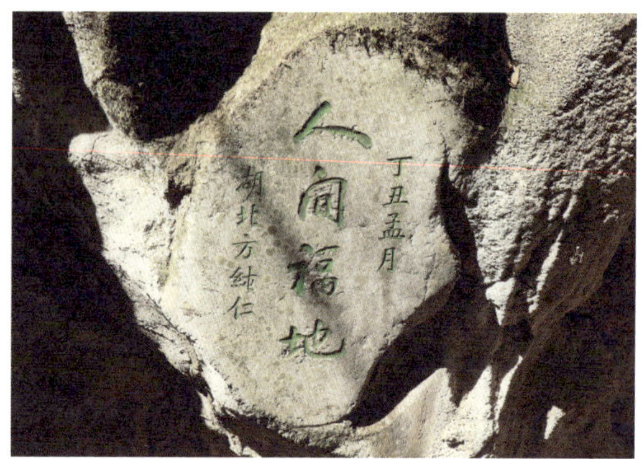

刻文 丁丑孟月：人间福地。湖北方纯仁。
年代 民国二十六年（1937）

刻文 云门。丁丑春。
年代 民国二十六年（1937）

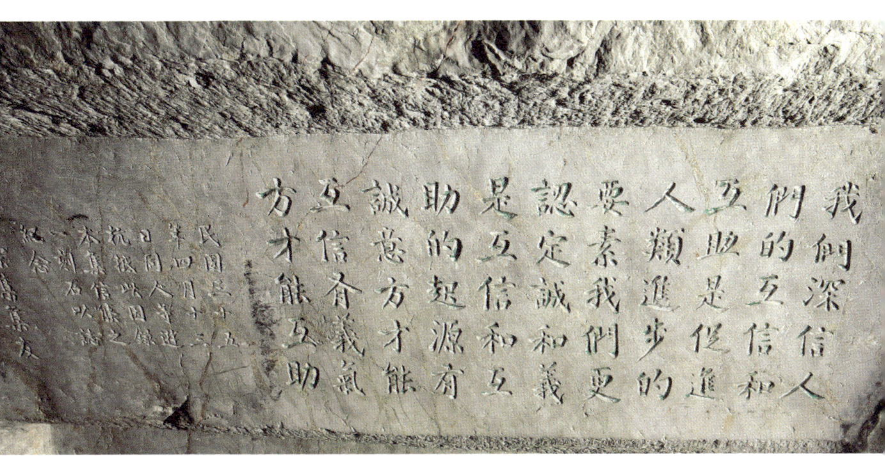

刻文 我们深信人们的互信和互助是促进人类进步的要素。我们更认定诚和义是互信和互助的起源。有诚意方才能互信，有义气方才能互助。民国三十五年四月十三日，同人等游杭抵此，因录本集信条之一，刻石以志纪念。综集集友。

年代 民国三十五年（1946）

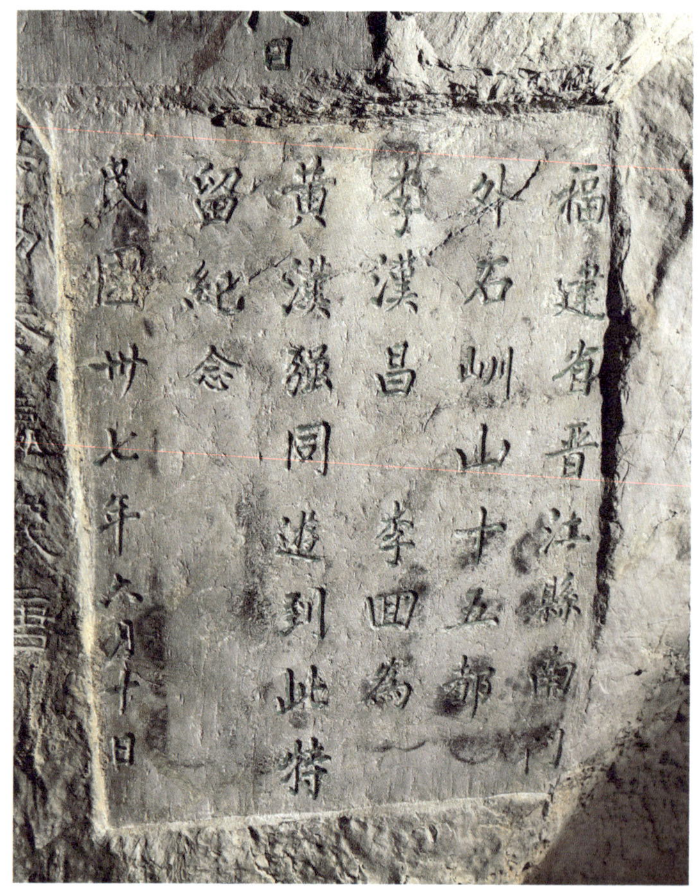

刻文 福建省晋江县南门外石[山川]山十五都李汉昌、李回为、黄汉强同游到此，特留纪念。民国卅七年六月十日。

年代 民国三十七年（1948）

刻文 民国卅七年十月：幽谷流声。陆欣荣、徐尧堂、钟南上敬立。

年代 民国三十七年（1948）

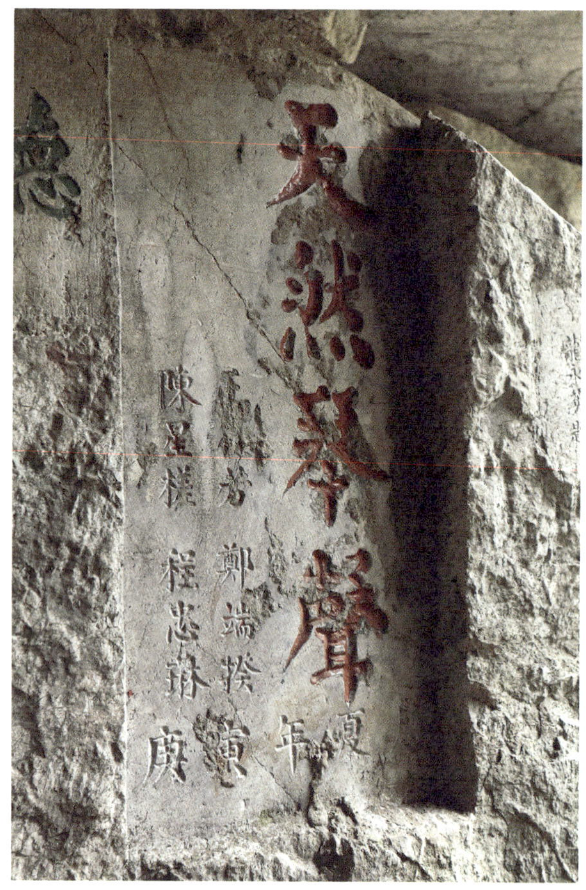

刻文 天然琴声。王□芳、郑端揆、陈星槎、程忠琳，庚寅年夏月。

年代 1950年

刻文 高山流水。老君黄秋生。

年代 不详

刻文 活水源头。温克□题。

年代 不详

刻文

水乐洞

入世五十年，百事咸逝水。哀乐烁我心，茫然靡前止。局趣尘埃间，素衣化为缁。偶作山林游，其乐乃如此。云霞幻明灭，木石襍青紫。微风度回响，流波生鸭嘴。乐水复乐山，我恐皆非是。好恶根天性，人我无二致。为语山中僧，我将至所至。

吴兴沈夑臣题

年代 不详

刻文 听无弦琴。□□□题。
年代 不详

刻文 空灵。十九年秋与吾□□□□□同游纪念。□如。
年代 民国十九年（1930）

石屋洞摩崖题刻

石屋洞石刻包括石屋洞内后晋天福九年（944）至北宋开宝七年（974）佛教造像的石刻题记，以及北宋至清代游人题记等摩崖石刻，是研究吴越国时期佛教文化和五百罗汉信仰的重要史迹。

石屋洞是西湖烟霞三洞之一，位于南高峰石屋岭下，因石洞高敞，洞形如屋，故而得名。石屋洞为天然的石灰岩溶洞，主洞四周还与石别院、沧海浮螺、蝙蝠洞以及瓮云洞四所天然溶洞相连。

吴越国时期，佛教僧俗因此天然溶洞而稍事修凿，在洞内壁间镌刻了为数众多的佛教造像，包括佛、弟子、菩萨、天王、罗汉等，且以罗汉像为主，数目超过了五百尊，年代最早的是五代后晋天福年间的作品，是已知中国最早的五百罗汉造像。当时所塑罗汉像旁多有磨光幅面以刻造像记，清代丁敬《武林金石

石屋洞旧照（摄于民国时期）

记》、阮元《两浙金石志》以及民国初罗振玉《石屋洞造像题名》等书中收录了石屋洞造像的部分题记。浙江省博物馆藏有石屋洞造像题记拓片二百二十二品。二十世纪六十年代，洞中造像被毁，题记石刻也损毁严重。现仅存题刻七十一方，其中包括残缺的后晋天福九年（944）“新建瑞像保安禅院记”题刻。

宋元以后，石屋洞因为吴越国的五百罗汉像，成为著名的佛教圣地。许多历史名人在游览石屋洞后留下了石刻题记，如

石屋洞旧照（摄于民国时期）

北宋文学家苏轼（1037—1101）、明代吴中高士赵宧光（1559—1625）、清代书法家钱泳（1759—1844）等。石屋洞现存有摩崖题记十六处，可见年代的有北宋熙宁六年（1073）、明万历乙未（1595）、清乾隆丁丑（1757）、清嘉庆二年（1797）等。

石屋洞是杭州地区重要的佛教艺术地点。现存石屋洞石刻对研究杭州五百罗汉题材造像、吴越国佛教信仰等均具有重要的历史、文化价值。

刻文 新建瑞像保安禅院记（图中倒三角部分，残缺）
年代 后晋天福九年（944）

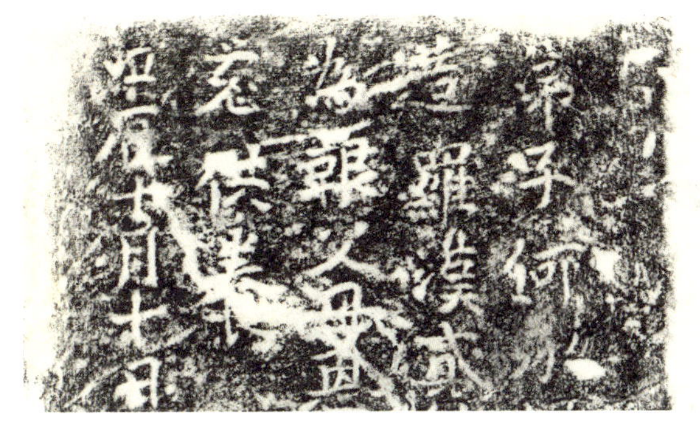

刻文 弟子何承渥造罗汉二躯，为报父母恩，永充供养。甲辰十月十日。（拓片）

年代 后晋开运元年（944）

刻文 女弟子李氏十娘谨发虔心，敬造罗汉二躯，奉为亡考李四郎、亡妣王一娘子资荐生界，伏愿李氏十娘身宫庆泰，永充供养。乾德二年三月日。（拓片）

年代 北宋乾德二年（964）

刻文 合门承指梁文谊，奉宣差押元师大王官告国信经历，到院睹五百罗汉，发心舍净财镌造一尊，为亡父母小女子七娘永充供养，永为不朽之耳。显德六年十一月□日永记。（拓片）

年代 后周显德六年（959）

刻文 女弟子罗三十四娘为自身造。甲辰。（拓片）

年代 后晋开运元年（944）

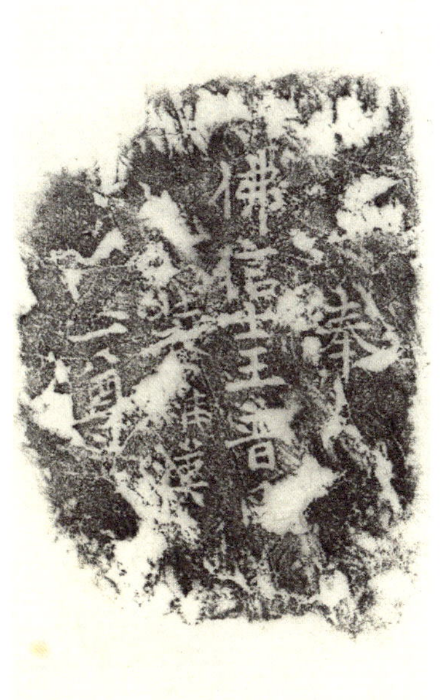

刻文 奉佛信士王普□装罗汉一尊。（拓片）

年代 不详

刻文 陈襄、苏颂、孙奕、黄颢、曾孝章、苏轼同游。熙宁六年二月二十一日。（据拓片重摹）

年代 宋熙宁六年（1073）

刻文 万历乙未三月，赵颐光同顾治、沈继祖来游。

年代 明万历二十三年（1595）

刻文 嘉庆二年二月四日，金匮钱泳携琴来游，小愒，烹茶而去。

年代 清嘉庆二年（1797）

刻文 瓮云。刘韵珂。
年代 约清道光年间（1821—1850）

刻文 湖南第一洞天。道光十有八年六月廿三日姚元之题。
年代 清道光十八年（1838）

刻文　仙境。甲子春三月，海盐王海庄戏笔，释慧观监刻。

年代　民国十三年（1924）

刻文　丙子秋：沧海浮螺。□田书。

年代　民国二十五年（1936）

刻文 愿庇佛灵。已巳三月，黄秀估、吴叔磊、梁寂梦游此留志。

年代 民国十八年（1929）

刻文 一尘不染。

年代 不详

刻文 云根。

年代 不详

刻文 西来大意无多子，石屋阿罗瑞霭腾。峭壁悬崖何所似，浮螺香海一层层。

年代 不详

刻文 石别院。
年代 不详

刻文 清磐。谢冰岩。
年代 现代

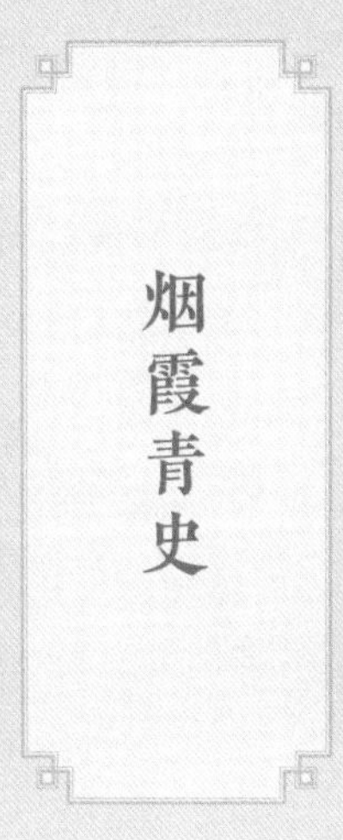
烟霞青史

丈量历史的五千步

在杭州人眼中，烟霞洞是个冷门去处。爬惯了海拔一百多米的宝石山、吴山，偶尔想起去爬海拔二百五十多米的南高峰，都算是挑战自我。西湖西南多山，去烟霞洞的路从四眼井开始，就一路爬升，从这里上去，还得走半小时，差不多五千步。这点步数压根上不了微信运动榜，但对于成天久坐的上班族来说，也是一种挑战，加上高差，不出一会儿就得沿路找店，吃茶歇脚。等你再出门时，就日头西垂，该回家吃晚饭了。

将时光倒带至 1937 年 3 月的某一天，周恩来与潘汉年在四眼井下车，一路步行来到烟霞洞，在洞边的清修院与蒋介石的代表张冲会面，商谈了一件改变了中国未来命运的大事。

他们谈的是什么事，又为何要选择烟霞洞呢？

烟霞岭景色秀雅，洞幽林深，岚烟袅袅，十分僻静。在晚清民国时期，烟霞洞又因洞边的清修院素斋出了名。清修院的素斋使用从地里新鲜采摘的竹笋、青菜，口味别具一格。直至二十世纪三十年代末，清修院都可说是西湖周边必打卡的餐厅。

胡适爱在烟霞洞读书养性，瞿秋白也想来著书立说，巴金则在《随想录》中写道：

> 三十年代，每年春天我和朋友们游西湖……过烟霞洞，上烟雨楼，站在窗前望湖上，烟雨迷茫，有一种说不出的美。

如此适合修身养性的僻静之地，同样也很适合秘密谈判。或许，这正是烟霞洞成为国共两党杭州谈判之地的原因之一。

其实，西湖已经不是第一次成为国共合作的发源地了。

1922 年 6 月，成立还不到一年的中国共产党首次公开主张同国民党以及其他革命民主派建立“民主主义的联合阵线”，共同推翻军阀统治。当年 8 月，共产党中央执行委员会在杭州西湖举行会议，第一次国共合作就此拉开帷幕。这次里程碑式的重要会议，史称“西湖会议”。在此后的三年间，国共合作总体趋势向好。1927 年 2 月 19 日，在国共各方的配合之下，北伐军胜利开进杭州，大革命呈现一派大好趋势。

然而，国共两党的党内合作从一开始就充满着矛盾。四一二反革命政变爆发后，多位共产党领导人被抓捕杀害。1927 年 4 月，大革命运动在杭州失败。此后，共产党进入了十年艰苦卓绝的土地革命时期，经历了五次反“围剿”和二万五千里长征。

与此同时，国际形势也在进一步恶化。日本于 1931 年发动九一八事变，占领了中国东北三省，而蒋介石采取的“攘外必先安内”政策遭到民众的反感与抗议，不断爆发抗日救亡运动。

1936 年，西安事变爆发，周恩来从中斡旋，使西安事变得以和平解决。蒋介石与周恩来见面时，亲口向周恩来许下联共抗日的诺言，并邀他赴南京谈判。可谁知张学良亲自送蒋回南京后，反而遭到蒋介石软禁和关押。

共产党方面不由地开始担心周恩来赴南京的安全问题。1937 年 1 月 5 日、6 日，毛泽东连续发去电报，指出：“此时则无人能证明恩来去宁后，不为张学良第二。”

面对日军铁蹄的步步紧逼，周恩来为了抗战大局，不顾个人安危，毅然决定深入虎穴，与蒋直接会面，商谈国共合作，以促进抗日民族统一战线的形成。

1937 年 3 月的西湖，正以她“水光潋滟晴方好，山色空蒙雨亦奇”的妩媚姿色吸引众多游客。位于湖滨的“澄庐”别墅，悄悄迎来了它的主人蒋介石夫妇。周恩来和潘汉年的轿车也抵达杭州，张冲安排他们下榻位于昭庆寺旁的“柏庐”别墅。此后，国共双方便展开了持续一周左右的谈判。

到杭后的某日——具体的日期早已尘封于历史之中——周恩来与潘汉年坐车前往烟霞洞。或许是为了保密起见，他们在四眼井就下了车，步行朝满觉陇山上的烟霞洞走去。

这两公里多的路不长，快走仅半小时，不到五千步。比起二万五千里长征，这一小段蜿蜒幽静的早春山路实在是微不足道。但与长征一样，在路的终点，是亟待他们亲手去塑造的中国未来的命运。周恩来与潘汉年是两位坚定的共产主义斗士。此刻，他们的脚步异常稳健笃定。

终于，周恩来与潘汉年来到了烟霞洞。在洞边的清修院内，他们同国民党代表张冲你来我往，几经交锋，终于达成了初步共识。会谈中，周恩来重申中国共产党对国共合作立场是站在民族解放、民主开放、民生改善的共同奋斗纲领上，为了国家和民族利益，谋求与蒋合作，但绝不能忍受“投降”与“改编”之污蔑。同时，周恩来坦率地表达了中国共产党实现国共合作抗日的诚意，提出了两党合作的几点具体要求。

1998年，大型电视专题片《百年恩来》剧组在烟霞洞采访当年国共谈判代表周恩来的侄儿周尔钧、侄女周秉德，张冲的女儿张雪梅、女婿邱清华

清修院旧址建筑的走廊上，挂着周恩来与张冲的合照（右一），记录了这段往事

合久必分，分久必合。至此，国共两党有了初步的合作意向，取得了一定的谅解。中共中央肯定这次西湖会谈“结果尚好”。

烟霞洞谈判结束后，在“柏庐”别墅前，潘汉年为周恩来和张冲拍下一张合影。“咔嚓”一声，留下了迄今仅存的关于杭州谈判的实证。

这次杭州谈判是第二次国共合作直接谈判的良好开端，促成了全面停止内战，初步融洽了两党关系，为实现一致抗日局面迈出了重要一步。

今天的烟霞洞，依旧幽深静谧。洞内的吴越造像，依然古韵悠长。从热闹的少儿公园与四眼井一路开车上来，只需不到五分钟。烟霞洞边，是众多拿着自拍杆的登山游人与顽皮嬉闹的孩子。烟霞洞旁再无清修院，在它的原址上矗立起“烟霞胜境”茶室。穿过圆洞门，走入建筑内部，周恩来与张冲留下的“杭州谈判”合照展板挂在墙壁上，无声地提醒着我们：这里曾经发生过一件改变中国的大事。

西湖，见证了中国共产党曲折艰难的革命道路，见证了中国共产党成立以来从朝气蓬勃到成熟有力的过程。我们虽然无法亲眼见证1937年3月下旬谈判的那一天，却能够在和平安宁的今天，用脚下的步伐一点点丈量中国共产党百年来的成长与积淀。

烟霞名人

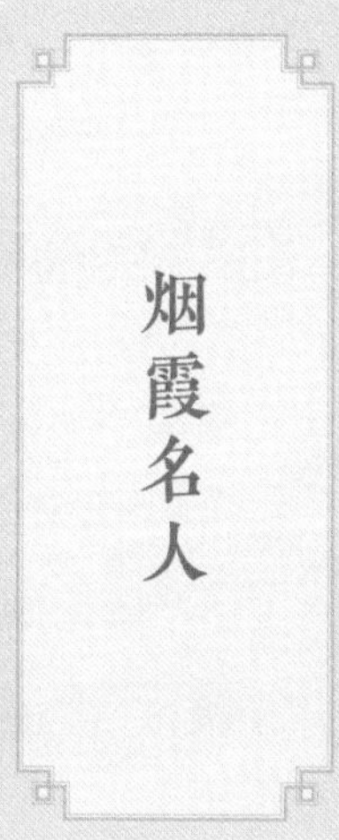

日日楼头看山雾

在胡适眼里，西湖是可爱而难以离别的。早在 1908 年的初夏，对西湖心仪已久的胡适就已尽情地畅游湖山。1922 年，胡适患病，糖尿、脚肿痛与不安眠。次年春天，他南下养病，5 月初来到西湖。一到西湖，便如同游子归乡，旧爱新情涌上心头，胡适当下挥毫作《西湖》诗一首，其中写道：

十七年梦想的西湖，
不能医我的病，
反使我病的更厉害了！

然而西湖毕竟可爱。
轻烟笼着，月光照着，

我的心也跟着湖光微荡了。

字里行间，抒发着胡适对西湖的热切与爱恋。然而，促使他在西湖一住五个多月的真正原因，则是他与知识伴侣一段“私下感怀”式的婚外恋情。而这段恋情的女主人公就是曹诚英。

曹诚英（1901—1973），字佩声，小名娟，是胡适三嫂的妹妹。胡适与江冬秀结婚时，曹诚英年方十六，充当新人的女傧相，给胡适留下了不可磨灭的印象。曹诚英亲昵地称呼胡适为“糜哥”。

胡适与曹诚英在烟霞洞合影（摄于20世纪20年代）

曹诚英受到五四新文化运动的影响，是一位多才且具叛逆精神的新女性，对胡适十分崇敬，时有书信相通。1920 年，曹诚英来杭州女子师范读书。她虽生在富有之家，但其生活和婚姻却很不幸。

胡适在西湖休养时，曹诚英恰好放暑假，两人时相往来，结伴同游，感情升温。爱情的力量，驱使他频频投向西湖的怀抱。西湖也频频向他召唤。6 月 8 日再次到南山游烟霞洞时，胡适动心了，决定择此洞赁房过夏。

烟霞洞周边景色优美，天晴时可望见钱塘江与西湖，地僻景秀，是恋人幽会的佳境。6 月 24 日，胡适搬进烟霞洞，一住就是三月余。是消暑，是养病，是胡适一生中爱情最充实、最温馨的“神仙生活”时期。他有《烟霞洞》一诗写道：

我来正值黄梅雨，日日楼头看山雾。
才看遮尽玉皇山，回头又失楼前树。

他后来在自定年谱中说：“与聪儿同往。”事实上，侄儿思聪帮他把行李搬上山后不久，即回川沙去了。曹诚英与胡适在南高峰同看日出后，即留宿烟霞洞。湖畔诗人汪静之对此提供了证明。

曹诚英住在烟霞洞，替胡适做饭、洗衣，心血来潮时，还唱唱歌，写写白话诗。胡适则给她讲文学。更多的时候，他们徜徉在花前月下，卿卿我我。烟霞洞一带，幽静而秀丽的风景，使这对才子佳人的爱情迅速地发展起来。

“9 月 14 日，同佩声到山上，坐一亭中讲莫泊桑的故事给她听，夜间月色不好，我和佩声下棋……”如果以上日记略嫌简单的话，那么胡适的白话诗就将他与曹诚英的热烈感情抒发得淋漓尽致：

自从南高峰上那夜以后，
五个月不曾经验这样神秘的境界了。
月光浸没着孤寂的我，
转温润了我的孤寂的心……

（《暂时的安慰》节选）

多谢你能来，
慰我心中的寂寞，
伴我看山看月，
过神仙生活。

西湖合影。左起：高梦旦、郑振铎、胡适、曹诚英（摄于20世纪20年代）

匆匆离别便经年，

梦里总相忆。

人道应该忘了，

我如何忘得！

（《多谢》）

9 月底，思聪来烟霞洞。10 月 1 日，他把胡适的行李、书籍先运回上海。终于要告别这福地洞天了，10 月 30 日，胡适带着无限的愁绪在日记中写道："今日离去杭州，重来不知何日，未免有离别之感。"

不久，他俩的恋情为胡适的妻子江冬秀所知，并引起一场风波，社会上也传得沸沸扬扬。胡适对此伤感，却难偿这笔情债，负疚终身。

被抛弃的曹诚英此后终身未婚，从她日后写作的诗文中，仍能看出她对这段感情的眷恋。然而，曹诚英也并非一个耽于情爱的人。1925 年从师范学校毕业后，她进入东南大学读农科，1928 年又进入中央大学农学院继续学业，并于 1931 年毕业并留校任教。1934 年，曹诚英赴美国康奈尔大学农学院深造，主修遗传育种。1937 年，她学成归国，在安徽大学农学院任教授，成为我国农学界第一位女教授。1943 年，曹诚英出任复旦大学专职教授。1952 年，因院系调整，她随复旦大学的一部分来到新组建的沈阳农学院，继续担任教授，为东北地区的农业教育和农业发展作出了突出的贡献。

对烟霞洞及其周边风景流连忘返的，还有胡适的友人徐志摩。在胡适与曹诚英的合照中，也有徐志摩的身影。1925 年，徐志摩为了观赏烟霞洞山脚下满觉陇的桂花美景，特地前来杭州，

曹诚英与学生们的合影

却因秋季多雨，桂花早凋而扑了个空。百感交集间，他写下一篇白话诗抒发心中悲伤，名为《这年头活着不易》：

昨天我冒着大雨到烟霞岭下访桂：
南高峰在烟霞中不见，
在一家松茅铺的屋檐前，
我停步，问一个村姑今年，
翁家山的桂花有没有去年开的媚？

那村姑先对着我身上细细的端详：
活像只羽毛浸瘪了的鸟，
我心想，她定觉得蹊跷，
在这大雨天单身走远道，
倒来没来头的问桂花今年香不香。

“客人，你运气不好，来得太迟又太早；
这里就是有名的满家弄，
往年这时候到处香得凶，
这几天连绵的雨，外加风，
弄得这稀糟，今年的早桂就算完了。”

果然这桂子林也不能给我点子欢喜：
枝上只见焦萎的细蕊，
看着凄惨，唉，无妄的灾！
为什么这到处是憔悴？
这年头活着不易！这年头活着不易！

西湖，九月

元帅登临南高峰

与毛泽东喜爱浙江、喜爱杭州、喜爱西湖一样，同为新中国第一代国家领导人的朱德也多次亲临西湖，特别是新中国成立后，朱德十三次到浙江视察。他白天深入农村、工厂、学校，了解社会生活和生产情况，时不时登高远望西子胜景；晚上或给中央写信，或赋诗抒怀。西子湖畔，群山之间，留下了他闪光的足迹。

南高峰，在古人眼中是一座相对神秘的山。除了最负盛名的烟霞洞造像外，周边还有许多见于历史记载的石灰岩地貌景观和园林景观留存至今，植被多栎树、松树，间有竹林、茶园，植物种类丰富，自然景观优美。

朱德同志曾三次登临南高峰观景。1960 年 6 月 21 日，他结束在上海的会议后，来到浙江杭州，下榻于汪庄。第二天，他前往

20世纪50年代的杭州兰园

西湖人民公社梅家坞大队调查。6 月的杭州正是盛夏天气，分外炎热。朱德戴着草帽，穿着短袖衬衣，从九溪十八涧开始步行，一直走到梅家坞，参观了梅家坞村建设的托儿所和公共食堂，还挨家挨户地探访茶农，亲切地询问社员生活情况。

从梅家坞出来后，朱德已经是满身大汗，短袖衬衣也湿透了，但他的兴致仍然很高，提议去南高峰登高望远。大家来到山下，见南高峰山高坡陡，有些犹豫。但此时，朱德已经沿着一条小道开始登山了。到了半山，朱德小憩片刻，又继续向上攀登。

越往上，路越不好走，但他拒绝了他人的搀扶，独自攀爬，终于登临峰顶。

南高峰顶的视野极为开阔，山色秀翠，景如图画，钱塘江萦回若带，西子湖清莹如镜，三面云山一面城，杭州景物尽收眼底。朱德同志诗兴大发，即刻赋诗一首：

登上南高峰，钱塘在眼中。
回首西湖望，江山锦绣同。

第二天，朱德又登上与南高峰遥遥相对的北高峰，作诗一首。不仅如此，朱德同志还为西湖写下过多首诗作。1958 年，他来到龙井饮茶，写下《龙井饮茶》诗；1961 年，他在杭州又作诗三首，对西湖景区的新发展与新变化表示肯定；1962 年，他登上五云山，写下《上五云山》，有云："修筑长堤潮不犯，沙滩变作好农场。"

朱德的诗朴素真挚，却道出了这位老一辈革命家对杭州、对西湖的真挚情感和对杭州人民的深厚情谊。

除了登山写诗，朱德在西湖还对兰花情有独钟。从 1959 年到 1966 年，他每年冬天都要来西湖休养，每次登山，少不了要挖

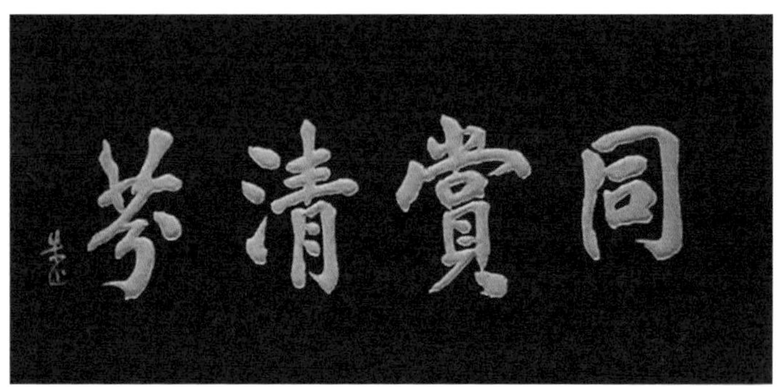

朱德题写的匾额

兰、育兰，以他“兰花通”的慧眼掘得不少珍贵的野生兰花，上午掘，下午便亲自去花圃种上。他赠给杭州花圃近两百盆兰花，其中有“绿云点珠”“玉沉大贡”“银边大贡”等珍贵品种。当人们看到杭州花圃朱德题写的“国香室”和“同赏清芬”的题匾，就会想起他老人家对“兰痴”周瘦鹃先生说的一句话：“我是一个兵，也是一个和你一样的园艺师。”

如今，我们见兰思情，虽花在人去，却也深感老一辈革命家的英魂与兰花同在，永世流芳。

博士英魂今犹在

1996年深秋的一天，杭州大学历史系教授楼子芳在游人稀少的西湖南高峰烟霞岭上徜徉徘徊，寻寻觅觅。他在探寻一座墓，一座非同寻常的名人墓。

功夫不负有心人。终于，楼教授在南高峰上、呼嵩阁东南、接近山顶的一片荆棘丛中，发现了一座他寻找已久的荒坟。

这就是中国科学社的创建人和负责人之一胡明复的墓葬。拨开荒草荆棘，受损的墓碑上依稀可见斑驳的文字：

中华民国十八年七月廿一日，中国科学□胡明复墓于此。蔡元培敬。

胡明复，名达，江苏无锡人。早年与杨杏佛、胡适等留美学生创办《科学》杂志。1915 年，他们在美国成立了近代最早的综合性科学学术团体——中国科学社。1917 年，他在美国哈佛大学获博士学位，成为中国历史上第一位现代数学博士。

胡明复一生致力于振兴教育事业，提倡科学救国，曾协助同为数学家的兄长胡敦复创办上海大同大学，同时任上海交大等几所大学的教授，并把大量精力投入在美国创办后回国续办的《科学》杂志上。

胡适在《追想胡明复》一文中回忆道：

胡明复（1891—1927）

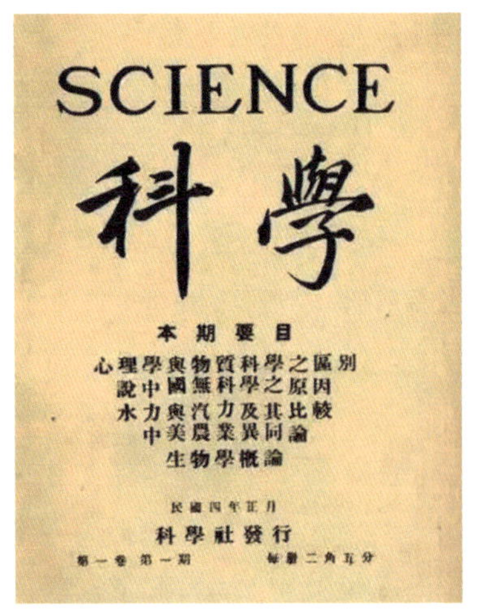

SCIENCE

科學

本期要目

心理學與物質科學之區別

說中國無科學之原因

水力與汽力及其比較

中美農業異同論

生物學概論

民國四年正月

科學社發行

第一卷 第一期 每册二角五分

《科学》杂志第一卷第一期

中国科学社第一届董事会。后排左起：秉志、任鸿隽、胡明复。前排左起：赵元任、周仁（摄于1915年）

明复在编辑上的功劳最大：他不但自己撰译了不少稿子，还担任整理别人的稿件，统一行款，改换标点，故他最辛苦。他在社中后来的贡献与劳绩，是许多朋友都知道的，不用我说了。

1919年，中国科学社由美国迁回中国。次年，在杭州召开了第四次年会。首次在祖国召开中国科学社年会，胡明复十分高兴，他在大会致辞时盛赞西湖之美、人文之盛，说："研究科学的人是最爱自然，故在美丽的杭州西湖举行科学年会极为相宜。古代诗人来游西湖，歌咏名篇甚多，科学家虽不同于诗人，然科学年会在科学史上实最重要，未始不可为西湖增色也。”

然而，天有不测风云。1927 年 6 月，胡明复在老家无锡游泳时，不幸遇难，年仅三十七岁。噩耗传出，全国为之震动。国民政府立即发布褒扬令，文曰：

> 该故博士胡明复，尽瘁科学，志行卓绝，提倡科学，十年不倦……勒碑礼堂，永留纪念，以示政府提倡科学、爱惜人才之至意。

他创办的《科学》杂志以及他参与创办的大同大学理数研究会出版了纪念专册。就在这一年，国民政府拨款了四十万元国库券，以示对中国科学社的重视和支持。这样，有了经济基础，科学社活动范围迅速扩大，并在上海建立了一个科学图书馆，命名为“明复图书馆”，也就是今天上海徐汇区图书馆的前身。

对这位才华超群的科学社骨干的英年早逝，中国科学社的同仁们十分痛惜。1929 年 7 月，他们以公葬仪式将胡明复灵柩安葬于他所热爱的杭州西湖南高峰上，并设祭坛于烟霞洞大厅。当

1954年，中国科学社部分成员在明复图书馆前合影

日，参加葬礼的有科学社负责人杨杏佛、竺可桢及来自各地的社员七十余人，精英荟萃，备极哀荣。

胡明复的墓坐北朝南，依山面江，墓廓用钢筋水泥浇砌，其形状似一口硕大的棺木，墓碑由蔡元培书写，墓铭则是杨杏佛撰就，墓旁还筑有墓室三间供守墓之用。

抗战前夕的 1937 年 3 月 21 日，中国科学社在杭州青年会召开社友大会。此时，胡明复已逝多年，杨杏佛也不幸遭国民党特务暗杀。大会由竺可桢主持。会后，竺可桢偕胡明复之兄、数学家胡敦复，胡明复之弟、物理学家胡刚复等十六人，分乘汽车四辆至四眼井，由下满觉陇徒步上山，为明复扫墓，并合影留念。

科学社少一元老，胡家三兄弟缺一老二，众人不胜唏嘘。

抗战胜利后的 1947 年 8 月 10 日，竺可桢难忘老友，再次前往

位于南高峰上的胡明复墓

烟霞洞为胡明复扫墓。他在日记中写道：

> 当时委托还俗僧人金渡三，询知其子与妻皆民卅一、二年去世，年近八十，故极萧条。由其叫女孩年九岁左右，领往屋后明复之墓上。初尚有阶梯可寻，继则荒烟蔓草堵塞途径。有女孩之指导，始得至其墓。墓系民国十八年七月廿一日立，碑系蔡先生笔。碑字虽剥落，尤可辨认。

此后的近半个世纪，竺可桢定居北京。由于种种原因，胡明复渐渐为人所遗忘。胡墓则屋倒坟荒，湮没于野岭荆棘之中。直到1996年秋，才出现了本文开头的一幕。在烟霞洞综合保护整治工程及南高峰的环境整治中，钱江管理处对胡明复墓进行了修葺与环境整治，增设了说明牌，用以介绍和纪念这位英年早逝的数学家。

烟霞岭上师复墓

西湖南山的烟霞岭上，有一处奇特的墓葬，它没有墓冢，没有台梯，没有松柏……只在荆棘深处的一块天然崖壁上镌刻着“师复墓”三个大字和一方墓志铭。拨开杂草，始见其“庐山真面目”。

这是一处鲜为人知的名人墓葬，颇具历史文化价值。

师复，原名刘师复，广东香山人，是中国近代无政府主义的集大成者和躬身践行者。师复的主义被称为“中国的无政府主义”。

师复自幼聪颖，擅长文辞，十五岁就中了秀才，后东渡日本，成为同盟会最早的会员。回国后，在一次起义中不幸事败，断左手，被捕入狱。他痛恨政治权威之迫害，便由此彻底皈依无政府主义。他去姓留名，不食肉，不吸烟，不入教，不涉政坛，乃至终身不娶。就是死后，也是荒坟一冢。

其实，早于师复，中国就有刘师培、李石曾、张静江、吴稚晖等大名鼎鼎的无政府主义者。然而情随境迁，他们后来却背离了自己的主义，成为政客或幕僚；师复之后，也有人继承师复之衣钵，但无一人能超过他。

“师复主义”主张个人绝对自由，反对一切权力和权威，空想一个无权力、无服从、绝对自由的“无政府状态”的社会。在五四运动前，其作用是积极的，毕竟锋芒直指封建礼教及其罪恶统治，连中国共产党早期的一些领袖也都曾受这一思想的影响。

师复（1884—1915）

在天然崖壁上镌刻着“师复墓”三个大字（摄于2022年）

师复对自己主义的宣传可谓不遗余力，编报创刊，废寝忘食，独手工作，积劳成疾。当时便有一联：

稚晖五体投地，

师复只手回天。

1915年1月31日，师复终因无力医疾，凄然而逝，时年三十有一。同年9月，遗体葬于西湖满觉陇上的烟霞岭，这正是：

古今多少英雄骨，埋遍西湖南北山。

师复死后，随着马列主义的传播，中国共产党的诞生，“师复主义”逐渐退出了历史舞台。师复和他的墓也湮没于历史的烟云之中……

然而，有人还记挂着师复。他，就是文坛泰斗巴金。

1997年初秋，著名作家李辉从北京来到西湖汪庄，看望在此疗养的巴金。李辉谈起刚刚到满觉陇上的烟霞岭喝过茶，并告诉巴金，胡适当年曾在那里住过几个月。巴金则说：“刘师复的墓……”李辉随即明白了巴金的意思，刘师复的墓也在烟霞岭。

因为巴金曾在文章里写过，当年，他第一次到杭州，便去满觉陇上烟霞岭祭扫过他所敬重的这位中国无政府主义活动家。李辉问巴金，是什么时候到烟霞岭，是二十年代吗？巴金明确地说：“不是，是在 1930 年，从法国回来之后。”

1997 年，巴金九十有三，离师复去世已八十多年了。巴金对师复怀念之深，由此可见一斑。

师复墓墓志铭（摄于2021年）

英年早逝朱昊飞

烟霞洞东侧的石径小道旁，有一处颇为奇特的墓葬，墓室呈三层台阶状，椁盖正中竖一方尖碑，碑上书有“乐清朱昊飞先生之墓”几个颜体大字。朱昊飞之墓与它西侧的师复墓、东侧的胡明复墓共同组成了著名的“烟霞三墓”，留下了三段历史的记忆。

朱昊飞，字谨良，1892 年生于乐清县磐石镇南门村。他年少时受学于乐清县西乡高等小学堂，因资质聪颖，考入温州第十中学（今温州中学），历年成绩均名列前三。后考入北京京师大学堂，于 1917 年毕业后，去天津女子师范学校任教。任教期间，朱昊飞勤俭节约，积蓄资金，于第一次世界大战后赴德留学，在柏林大学研读化学达四年之久，学习期满获化工博士学位。学成归国时，他写诗道：

楚楚衣冠落落才，旁人笑我却应该。

他年若遂凌云志，疑是八仙过海来。

回国后，他历任北京大学、广州中山大学、武汉大学、浙江大学理化教授。朱昊飞秉性坚毅，思想进步，积极投身于各项爱国运动。1919 年五四运动爆发时，朱昊飞正在天津女师任教。他带头组织并亲自率领学生宣传游行，还发动学生制作日用品和玩具举行义卖，将所得款项支援运动。1925 年五卅惨案发生时，他对帝国主义残酷杀害同胞的行为异常愤慨，亲自奔赴各校宣传演

位于南高峰上的朱昊飞墓（摄于2022年）

碑上书“乐清朱昊飞先生之墓”九字（摄于2022年）

讲，揭发帝国主义罪行，还参加学生组织的爱国团体，到农村中去宣传，唤起民众一起参加爱国反帝斗争。

朱昊飞讲课也深受学生欢迎，在浙江大学任化工系教授时，日常工作繁重，而他总是精神焕发，愉快地工作和生活。乐清至今还留着他当年倡议创办，并捐资助学的乐清县第五小学（今磐石镇中心小学）。很多老一辈的乡里人提起他，也都说他是一个乐观豁达、急公好义的人。

在浙江大学工作期间，朱昊飞著有“理化小丛书”三十种和一些德文译作，不过因为种种原因都已散佚。现在剩下的仅有早期编著的初高中物理、化学、代数和实验理化等几种教科书而已。

1933 年夏，程天放担任浙江大学校长，朱昊飞被解职。此后，他在上海的世界书局工作，编著有关物理、化学方面的专著和中等学校的教科书，假日则返回杭州湖滨路 9 弄 2 号的家中休息。

1934 年秋，朱昊飞因患伤寒，不幸病逝于杭州，并葬于西湖南山烟霞洞南侧。

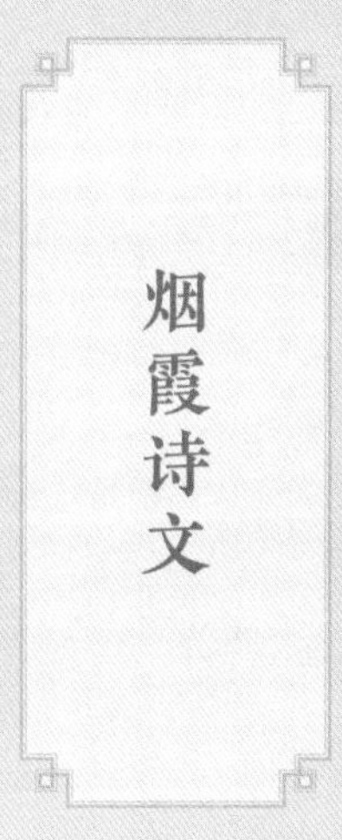

烟霞诗文

烟霞石屋

［明］张岱

繇太子湾南折而上为石屋岭。过岭为大仁禅寺，寺左为烟霞石屋。屋高厂虚明，行迤二丈六尺，状如轩榭，可布几筵。洞上周镌罗汉五百十六身。其底邃窄通幽，阴翳杳霭。侧有蝙蝠洞，蝙蝠大者如鸦，挂搭连牵，互衔其尾。粪作奇臭，古庙高梁，多受其累。会稽禹庙亦然。由山椒右旋为新庵，王子安亹、陈章侯洪绶尝读书其中。余往访之，见石如飞来峰，初经洗出，洁不去肤，隽不伤骨，一洗杨髡凿佛之惨。峭壁奇峰，忽露生面，为之大快。建炎间，里人避兵其内，数千人皆获免。岭下有水乐洞，嘉泰间为杨郡王别圃，垒石筑亭，结构精雅。年久芜秽不治，水乐绝响。贾秋壑以厚直得之，命寺僧深求水乐所以兴废者，不得其说。一日，秋壑往游，俯睨旁听，悠然有会，曰："谷虚而后能应，水激而后能响，今水潴其中，土壅其外，欲其发响，得乎？”亟命疏壅导潴，有声从洞涧出，节奏自然。二百年胜概，一日始复。乃筑亭，以所得东坡真迹刻置其上。

苏轼《水乐洞小记》：

> 钱塘东南有水乐洞，泉流岩中，皆自然宫商。又自灵隐、下天竺而上，至上天竺，溪行两山间，巨石磊磊如牛羊，其声空砻然，真若钟鼓，乃知庄生所谓天籁，盖无在不有也。

水乐洞一景
（摄于2022年）

袁宏道《烟霞洞小记》：

烟霞洞，亦古亦幽，凉沁入骨，乳汁涔涔下。石屋虚明开朗，如一片云，欹侧而立，又如轩榭，可布几筵。余凡两过石屋，为佣奴所据，嘈杂若市，俱不得意而归。

张京元《石屋小记》：

石屋寺，寺卑下无可观。岩下石龛，方广十笏，遂以屋称。屋内，好事者置一石榻，可坐。四旁刻石像如傀儡，殊不雅驯。想以幽僻得名耳。出石屋西，上下山坡夹道皆丛桂，秋时着花，香闻数十里，堪称金粟世界。

又《烟霞寺小记》：

烟霞寺在山上，亦荒落，系中贵孙隆易创，颇新整。殿后开宕取土，石骨尽出，巉峭可观。由殿右稍上两三盘，以象鼻峰东折数十武，为烟霞洞。洞外小亭踞之，望钱塘如带。

李流芳《题烟霞春洞画》：

从烟霞寺山门下眺，林壑窈窕，非复人境。李花时尤奇，真琼林瑶岛也。犹记与闲孟、无际，自法相寺至烟霞洞，小憩亭子，渴甚，无从得酒。见两伧父携榼至，闲孟口流涎，遽从乞饮，伧父不顾。予辈大怪，偶见梁间恶诗书一板上，乃抉而掷之，伧父跄踉而走。念此辄喷饭不已也。

《西湖梦寻》卷四

烟霞岭游记

［清］赵坦

烟霞岭，南山之长也。秀气磅礴，苍松蔚然，晨光夕曦，烟浮霞映，彩错斓斒，天成图画。其地多胜迹，而岌嶪难登，游者罕至。

岁丙午孟春，友人李青湘及其从子映衡，齐志幽探，招余偕往。遂小憩石屋，指烟霞而进影焉。其上石磴陡削，苔华润滑，芒屦不留。彳亍达平处，得小寺曰清修，荒寒特甚。独寺后危石一林，秀垒数仞，竹箭摇风，绿逸有致。左则嘉树青藤，深翳萦密，作帷盖形。遂乃藉草静对，觉襟怀若涤，神悦心清。起绕寺右，潭得龙泉，峰为象鼻，岩曰佛手，井号上方，莫不沁洁奇幻，克肖其名。而古洞中释像列镌，又各示我胜相。

曲折西上，径忽线微。仰睇岭脊，境益幽异，因相与鼓勇而上。云松竦峙，疏阴凉覆，俯瞰陵峦，环青拱翠，岭耸正中，若

［清］董邦达《双峰插云》

受展谒然。

他若湖光江影，越山烟渚，远近参差，相为映带。始知山深则景奇，心一则境辟。人不精进，安有得耶？俯仰久之，啸歌而下。时则斜晖欲毕，松色苍茫，烟霞在望矣。

《保甓斋文录》卷下

记烟霞紫云二洞

［民国］姚石子

湖上南北诸山洞，以数十计，而烟霞、紫云为最胜。

由石屋岭而南，为烟霞岭，迤逦而上，则为烟霞洞，再上即南高峰矣。洞适当山之腰，沿路上下，栽梅数千本，花时当更饶别趣。洞宽深，中可布几席，两旁镌罗汉等像二十余尊，山骨玲珑特异，钟乳涔滴，虚朗清凉，登其上，佛手峰、落石岩，秀丽峥嵘，次第欹侧而立。有亭翼然，远挹诸山，苍翠扑人襟袖。钱江如带，风帆隐隐可数。盖至此而空明奇绝，俯仰烟霞，超然物表，远隔尘世矣。

紫云洞在栖霞岭，由宝石山葛岭之麓斗折而上，洞侧有僧寮，直下斜入，历级二十余，窅然而深，石势峭耸嵌空。沿壁而进，径仄苔滑，幽窈沉黑，疑不可通。摸索伛偻而入，阴凉彻骨，蝙蝠唧唧有声，时掠肩而过。不十武，日光下射，倏然敞豁，右壁斜出，半覆半倚，窿如夏屋。中刻佛像，石根有泉渟蓄，壁纹缕缕，色若暮云凝紫，藤树森瘦，从裂纹上刺。其外怪石罗列，杂树蒙密，四山环抱，谷风徐鸣，久憩此觉另一世界，非复人间矣。烟霞之胜在爽朗，奈近多冠盖客，而石壁又为伧夫题刻殆遍。紫云以幽邃胜，人迹稀至，多瑟缩未能穷探。

余于乙卯季春二十八日游烟霞，翌日又游紫云，尽揽其胜。同游者内子王粲君，舅氏高吹万、顾幼芙二先生，表弟高君介，吴江郑佩宜，同邑林憩南等九人。惜柳亚子偕来武林，而以事在城不与。游后半月，二洞之胜，凝想犹历历在目，乃走笔为记，并寄亚子。

《南社丛刻》第十八集

烟霞洞（摄于20世纪20年代）

武林纪游（节选）

［民国］秋雁

过“烟霞胜境”石坊，经半亭、夕岚亭，右岩石刻累累，不及细辨。抵烟霞古洞，洞高二丈，阔丈余，深约百步，为晋僧弥洪结庵近地，发见此胜。时洞中已有罗汉石像六尊，吴越王补镌十二尊，合成十八之数。后又补镌大佛弥勒观音诸像，两旁名人题刻甚多。洞幽邃空阔，虚朗清凉，视石屋较佳，惜石隙滴涔，泥泞滑足，不能深入穷探。洞旁石龛，旧镌财神像，清光绪间改凿东坡像，额称“苏龛”。洞外树一碑，刻“烟霞此地多”五字。登洞左石级，约数十步，即至烟霞寺，寺又称清修，亦吴越王建。经咸丰间兵役，日就荒芜，光绪间闽僧学信募资修葺，沿磴道栽梅数千本，楼阁亦颇崇闳。寺内素餐，久负盛誉，因嘱寺僧备午膳。寺后有陟屺亭，建于民国元年。其左下方，曰“吸江亭”，中有联曰：“四大空中独留云住，一峰缺处远看潮来。”

吸江亭（摄于民国时期）

其左为刘师复墓，刘持安那其主义，通世界语，学问渊博，不幸短命而死。再左为葺治此寺之闽僧学信墓。师复墓下，有周姓双栖冢。冢右为卧狮亭，蹲石四顾，远揽山光，俯挹江濑，景殊幽绝。

《旅行杂志》十一卷四号

民国二十六年（1937）4月

烟霞阒寂

［民国］陈其英

记者曾于本年一月底由江干区转入南山区，此次又由南山区转入江干区，足足各花一整天功夫，重要胜迹大部分都游览过了。钱王祠现仍驻军队，游人未能自由游览，柳浪闻莺，仅存一石碑，残柳数株，已掀不起浪，无莺可闻；净慈寺尚大部分驻扎军队，具有规模的防空地下室现在已封闭起来。南屏晚钟只可想象，雷峰夕照遗址，聊供凭吊而已！石屋岭大仁寺与石屋洞轩敞虚朗，寺内花卉繁茂尤以牡丹为最，现尚含苞待放。水乐洞前房屋全为敌军所毁，洞尚无恙，穹若大厦，洁净可爱。烟霞洞本为西湖最大之洞，古迹最多，风景最幽。洞口晋代石刻，尚幸存在；但洞口为敌军建有防御工事，尚未拆除，未免妨碍观瞻。烟霞岭上卧狮、吸江、陟屺诸亭破烂不堪；洞旁清修寺，现竟无人清修，荒凉尤甚！南高峰上寺庙破坏不堪，游人几乎绝迹。云栖的夹道修

石屋洞旧照（摄于民国时期）

篁，理安的参天古树，全被敌人砍去，景象全非。九溪现时刚恢复一凉棚可以品茗，此外无可观览之处；惟由九溪发源之杨梅岭的杨梅坞，经清湾、佛石、小康等处以达徐村，入钱塘江，小径曲折，峰峦夹峙，杜鹃花红如火，流泉淙潺，实至幽丽，记者与友沈君安步流连，且谈且览，所得意趣，实非笔墨所能形容。

《旅行杂志》二十卷四号

民国三十五年（1946）4月

烟霞洞罗汉

［民国］马叙伦

杭州城西南烟霞洞，亦游憩佳处。惜为闽僧学信点缀恶俗，惟春初梅开之际，尚可驻足耳。洞中有十八应真千官塔，皆吴越古迹也。相传罗汉旧祇六尊，见梦于吴越王，乞为完聚同气，王为补刻其十二。按净慈寺罗汉其始止十八尊，吴越王梦十八巨人而范其像。南宋时僧道容增塑至五百尊。清咸丰间寺毁于兵燹，诸佛俱随灭度。然此二事相类，岂传闻有歧耶？又《冷斋夜话》载，临川景德寺有禅月所画十八应真像甚奇，而其第五轴，亦见梦一女子求引归，女子果于邻家门壁间得之。此事在吴越王后，然则应真固善示梦，而事又相类，当补入同书。

《石屋余渖》

上海建文书店，民国三十八年（1949）4月初版

烟霞洞诗词选录

烟霞洞

［南宋］董嗣杲

万色无如叠翠何，何僧镌像屹嵯峨。
山屏晴掩牌门杳，风钥阴封梵屋多。
象落鼻形悬洞右，佛垂手迹寄岩阿。
灯辉金碧琉璃碗，暗掩僧房络薜萝。

宿烟霞寺

［清］张丹

最奇象鼻石，万古自垂青。
岂合烟霞相，常悬薜荔形。

洞中搜石佛，崖口觅松苓。
何日营云屋，朝朝倚翠屏。

烟霞洞

［清］缪荃孙

匼匝四山合，如絮云气蒸。
东风何浩荡，雨势尤奔腾。
春泥多滑澾，磴道尤凌兢。
拾足真蚁附，联臂同猱升。
佛手与象鼻，形似世所称。
造象始吴越，千官塔几层。

烟霞洞

［清末民初］郑孝胥

湖山多胜处，名迹谁能辨?
南峰公再游，清浊遂一换。
凛然执议力，岩石亦革面。
奎宿招以来，钱神俄自窜。
逐贫与送穷，杨韩弄其翰。

今君亦有逐，二子当惊惋。

平生吾东坡，异代独眷眷。

敢怀争墩意，易此执鞭愿。

他年身将隐，姓名应已变。

洞口扫花人，安知即风汉。

烟霞洞

［清末民初］陈蝶仙

扶头石佛伴烧丹，饮到灵泉齿骨寒。

几辈幸留名姓在，九华塔上勒千官。

烟霞洞

［清末民初］陈三立

晓拂湖上山，阴磴侵蒿莱。

屡折落釜底，斗起攀层台。

杳杳烟霞洞，灵窟五丁开。

中廓构堂室，寒滴妨筋骸。

极窥伏神物，窈冥谁敢猜。

微啸藜杖外，迢递成暗雷。

壁镵尊者相，衣此不坏苔。

想吐牟尼珠，大千光芒回。

去陟岩背亭，风紧疮雁来。

钱江横匹练，白摇浮槛杯。

四野乱蛙黾，万木生烟霾。

沸海金笳耳，一洗松声哀。

烟霞洞题壁

［清末民初］王葆桢

山阙望潮横一线，石林架屋代千椽。

人间写烂西湖本，谁信烟霞别有天。

烟霞洞

［清末民初］严廷桢

一径悠然夕照深，烟霞多处似云林。

我来正值中秋后，不见梅花天地心。

山石玲珑叠翠岩，亭台幽胜隔仙凡。

只嫌一事未全美，泉水清冷似井咸。

浪淘沙·烟霞洞看梅

［清末民初］陈曾寿

瑟瑟峭寒加，径入春沙。半山亭子玉周遮。短槛凭香香越暗，坐冷庵茶。　　最好一枝斜，低抹红霞。为谁冰雪启春华。一刻闲情天傥许，平视梅花。

扬州慢·忆烟霞洞梅

［清末民初］陈曾寿

梅绣荒山，石威静谷，旧游最恋烟霞。向洞门徐步，几度问芳华。记长倚、半山亭子，昏黄月上，倩影横斜。晕微红、堕砌娇云，仙梦非耶。　　一身万里，剩而今、惯住胡沙。尽湖水湖烟，也休暗忆，依已无家。飘断辞枝故蕊，曾何处、不是天涯。漫拚将今世，今生负梅花。

烟霞洞楹联选录

三月湖光杭郡景，
六朝山色秣陵秋。

——潘焘题

半空虚阁有霞住，
六月深松无暑来。

——王荫槐书

得来山水奇观，与君选胜；
对此烟霞佳境，使我思亲。

——金凤藻题

凿洞宝藏兴，烟霞本是金银气；
题龛名辈集，热客谁逢春梦婆。

——蔡蒙题

世有活财神，顽石何灵，岂以烟霞偿外债；
山无真名士，清流自许，只将文字托因缘。

——蔡蒙题

阿堵讳如深，保存廉耻几希，清理烟霞及石像；
拍浮名易假，识破文忠称谓，本来面目是财翁。

——蔡蒙题

钱妙实通神，本教借重烟霞，结识山灵司宝藏；
石顽难革面，聊与转移香火，随缘坡老忘形骸。

——蔡蒙题

山灵分一席，钱果通神，何期选士算缗，拜石乃转赠铜臭；
坡老足千秋，力能激俗，顾问春婆醒梦，归田可弗恨家贫。

——蔡蒙题

四大空中，独留云住；

一峰缺处，还看潮来。

——戴启文句，尉天池书

一见问灵源，师出离山吾听水；

卅年依古洞，世方沉陆独看潮。

——柳宝琛题

炼石雕霞自有神功开丽景，

寻梅访桂好随芳躅悟清修。

——王其煌撰

霞对藤崖藓壁画怀已可招，
烟笼竹杖芒鞋胜境宜频到。

——王其煌撰

一界江流天地外，
四围山色有无中。

——王其煌集王维联

峰峦叠翠拾空揽胜拏云上，
洞涧传声摇碧攀风得气中。

——王其煌撰

一角夕阳藏古洞，
四周岚翠接遥村。

——佚名

倘他日蜡屐重来，须记取山中松径；
携一片红云归去，莫认错世外桃源。

——佚名

后　记

一个古洞，传颂一段百年佳话；一位名人，追思一段纤纤情感；一座古亭，留下一段历史记忆；一块墓碑，刻下一段人生足迹。千年烟霞洞的根和魂不仅仅“植”于它的历史文化土壤之上，更“长”于景区自然与人文结合的肌体之中。

时光流转，关于烟霞洞的记忆渐渐模糊，一些历史的碎片也正在湮没。历史需要尊重，文脉需要传承。有鉴于此，2007 年 4 月，在烟霞洞综合保护整治工程开展的同时，钱江管理处开启《烟霞散记》一书的编撰工作，通过发掘、整理、编写，将淹没于烟霞深处的人文典故、历史传说、生态故事等编辑成书，然因种种原因，此书未能正式出版，实乃一件憾事。2021 年，钱江管理处重启《烟霞散记》一书的修编工作，不仅完善了原书的内容，更将 2007 年以来开展的烟霞洞保护工程、南高峰景点周边环境整治工程、钱江辖区摩崖石刻调查、石窟寺调查等工作的最新成果也收录于书中，让书籍传承烟霞洞的记忆。

《烟霞散记》，书名已显然，它记录的不是杭州南山烟霞洞的全部，它抓取的只是流传于景区当中的零散记忆，记取的只是关于景区历史文化的一片一羽，甚或一角。或浓或淡，或简或繁，或近或远，我们觉得以这种形式留下一点关于景区的记忆，于自己、于后人都很有意思。倘能成为烟霞洞的“导游”手册，我们将深感欣慰。

《烟霞散记》从策划到成书，得到了众多单位和个人的支持，在此一并致以谢意。烟霞诗文中著录秋雁、陈其英所作二文，虽刊载于民国时期，但二人生卒事迹不详，无法确定文章是否尚在版权保护期内。佳篇难舍，故冒昧选录。如作者或其直系亲属见及，可与编者联系。

最后我们想说的是，由于我们的编撰水平有限，《烟霞散记》难免有不足和缺憾之处，在此敬请谅解和指正。

编者

2022 年 7 月

图书在版编目（CIP）数据

烟霞散记 / 陈月星主编 ；《烟霞散记》编委会编
. -- 杭州 ：浙江古籍出版社，2023.1
ISBN 978-7-5540-2311-2

Ⅰ. ①烟… Ⅱ. ①陈… ②烟… Ⅲ. ①随笔－作品集
－中国－当代 Ⅳ. ①I267.1

中国版本图书馆 CIP 数据核字（2022）第 118931 号

烟霞散记

陈月星　主编
《烟霞散记》编委会　编

出版发行　浙江古籍出版社
（杭州市体育场路 347 号　电话：0571-85176986）
网　　址　https://zjgj.zjcbcm.com
责任编辑　孙科镂
责任校对　吴颖胤
责任印务　楼浩凯
封面设计　刘　欣
排　　版　杭州真凯文化艺术有限公司
印　　刷　浙江海虹彩色印务有限公司
开　　本　787mm × 1092mm　1/32
印　　张　8.625
字　　数　147 千
版　　次　2023 年 1 月第 1 版
印　　次　2023 年 1 月第 1 次印刷
书　　号　ISBN 978-7-5540-2311-2
定　　价　68.00 元